너만 모르는 진실

너만
모르는
진실

김하연 장편소설

특별한서재

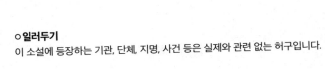

7개월 전

제갈윤

10시가 다가오자 아이들이 하나둘씩 몸을 일으킨다. 나는 펴지도 않은 참고서를 놓은 채, 앞이 막힌 자습실 책상의 나무판을 하염없이 바라본다. 그리고 마침내 혼자 남게 되자 천천히 가방을 꾸린다. 아이들이 학교를 모두 빠져나갈 때까지 기다리는 것. 그것이 내가 할 수 있는 마지막 배려다.

잠깐. 배려라고?

그 생각에 하마터면 웃음이 나올 뻔한다. 내가 추락하는 흉한 모습을 보이기 싫을 뿐이다.

그래, 단지 그것뿐이다.

자습실 문을 닫고 복도를 걷는데 누군가 내 이름을 부른다.

"제갈윤! 집에 같이 갈래?"

평소에는 한 마디도 나누지 않던 우리 반 여자아이. 그 다정한 제안에 마음이 잠시 요동치지만 나는 결국 고개를 흔든다. 그리고 다리가 떨려서 계단 대신 엘리베이터를 탄다. 5층 버튼을 누르고 잠시 쪼그려 앉는다. 조금만 더 버티자고 스스로에게 속삭인다. 자꾸 봄이 생각이 난다. 동물병원에 봄이를 맡기고 이모의 연락처를 적어 두었다. 이모가 빨리 와줘야 할 텐데. 한 번만 더 그 보드라운 털을 쓰다듬고 뺨을 대보고 싶다.

엘리베이터에서 내려 어둑한 복도를 걷는다. 굳게 닫힌 교장실 문이 정면에 보인다. 교장실 앞쪽에 옥상으로 이어지는 짧은 계단이 있다. 옥상 문은 잠겨 있지 않다. 야자가 시작되기 전에 이미 문을 열어봤다. 마지막 확인을 마치고 계단을 내려올 때, 우습게도 교장 선생님과 정통으로 마주쳤다. 교장 선생님은 꼬투리를 잡고 싶은 눈초리로 나를 훑었다. 내가 야자가 끝난 뒤 옥상에서 뛰어내릴 생각이라는 건 꿈에도 몰랐을 것이다. 교장 선생님에게 이 학교는 완벽한 곳일 테니까. 그 쌀쌀맞은 얼굴에 대고 이렇게 외치고 싶었다.

아니요, 교장 선생님은 틀렸어요.

옥상 문을 열자 봄과 어울리지 않는 차가운 바람이 온몸을 덮친다. 별 하나 없는 하늘을 바라보며 난간을 향해 걷는다. 투신자살을 시도했다가 목숨을 건진 사람들은 입을 모아 말한다. 몸을 던진 순간, 제일 먼저 든 감정은 '후회'였다고.

정말 그럴까. 해보지 않으면 모를 것이다.

가방을 벗어 옆에 놓는다. 난간에 올라 간신히 중심을 잡는다. 다리가 떨린다. 등을 떠미는 바람에 맞서 발에 본능적으로 힘이 들어간다. 금세 앞으로 고꾸라질 것 같다. 여기에서 망설이면 안 된다. 몇 번이나 이 상황을 상상하며 다짐했다. 나는 눈을 감고 허공에 몸을 맡긴다.

그리고 생각한다.

엄마, 날 좀 데리러 와.

나는 또 생각한다.

다른 방법은 없었을까.

이제 너무 늦었다.

I

편지를 받은 사람들

첫 번째 편지

성규

갑작스러운 비가 나경 고등학교 운동장에 쏟아졌다. 책가방을 머리 위로 치켜들고 운동장을 뛰어가는 아이들의 목소리가 3층 상담실까지 메아리쳤다. 엄마가 늦가을 장마 어쩌고 하면서 우산을 챙겨 가라고 했는데. 성규는 앞에 놓인 물을 짜증스럽게 들이켰다. 복도를 지나다니는 아이들도 신경을 자극했다. 도대체 무슨 생각으로 고등학교 상담실 벽을 통유리로 만들었을까. 1년 전 K신도시에 문을 연 나경 고등학교는 세련되고 현대적인 시설을 가장 큰 장점으로 내세웠다. 상담실에 앉게 될 학생의 기분 따위에는 아무 관심도 없었을 것이다. 가톨릭 학교라는 이유로 상담실에 '은총의 방'이라는 명패가 붙은 것도 우스꽝스럽다.

맞은편에 앉은 나현진 선생님은 이 학교에서 국어를 가르친다. 그리고 1학년 때도, 2학년인 지금도 성규의 담임이다. 성규가 물컵을 내려놓자 현진은 어깨에 닿을 듯 말 듯한 머리카락을 질끈 묶었다. 제대로 추궁해보겠다는 기세다. 현진은 노트북 컴퓨터 옆에 놓인 노란색 파일을 열고 출력한 종이를 꺼냈다.

"너도 봤니? 어젯밤 오픈채팅방."

"아뇨, 완전 꿀잠 잤는데요. 저는 이 학교에 그런 채팅방이 있는지도 몰랐다고요."

현진이 종이를 성규에게 건넸다.

"채팅방을 캡처해서 출력한 거야. 못 봤다고 했으니까 천천히 읽어봐."

나경 고등학교 '우리들의 목소리' 오픈채팅방

환영합니다. 나경 고등학교를 더욱 아름답게 가꿀 수 있도록 여러분의 솔직한 목소리를 들려주세요.

202x년 11월 1일 일요일

제갈윤님이 들어왔습니다.

안녕, 나경 고등학교 학생 여러분.

이제 내 빈자리에 익숙해지셨나요?

내 죽음에 책임이 있는,

엔지 시네마 부원 네 명에게 각각 편지를 보냅니다.

하지만 모두들 클릭해서 읽어보세요.

여러분도 내 죽음에서 자유로울 수는 없으니까.

그리고 누구나 이런 사건의 피해자가 될 수 있으니까.

앞일은 아무도 모르는 거잖아요. 안 그래요?

방금 물을 마셨는데도 목이 순식간에 바짝 말랐다. 성규는 까칠한 입술을 깨물며 종이를 노려봤다. 선생님만 없었다면 몇 분 동안 한 번도 안 쉬고 욕을 퍼부었을 것이다.

11월 1일 일요일 밤 11시 59분. 나경 고등학교 학생회에서 운영하는 오픈채팅방에 자신을 '제갈윤'이라고 칭한 사용자가 접속했다. 학생들의 불만이나 건의 사항을 받기 위해 만들어진 곳이라 참여 코드가 필요 없는, 누구나 자유롭게 들어올 수 있는 채팅방이었다. 제갈윤은 저런 섬뜩한 메시지와 함께 이미지 네 개를 첨부했다. 자신과 같은 영화 동아리 부원이었던 성규, 우진, 소영, 동호에게 쓴 편지를 찍은 사진이었다.

현진은 파일에서 다른 종이를 꺼내 성규에게 건넸다. 성규는 내용을 흘깃 살피고는 선생님 쪽으로 종이를 밀었다.

"윤이가 너한테 보내는 편지야. 안 읽어봐?"

"됐어요. 석 달 전에 이미 받은 거니까."

"벌써 받았다고? 정말이니? 채팅방에 처음 올라온 게 아니라는 거야?"

쌍꺼풀 없는 가느다란 눈이 의심과 놀라움으로 빛났다. 웬호들갑이람. 성규는 심드렁하게 말했다.

"네. 2학기 개학 날이라 완전 똑똑히 기억해요. 체육 시간이 끝나고 교실로 왔는데, 누가 제 수학 교과서 사이에 편지를 끼워 놓았더라고요. 꽃무늬가 있는 보라색 봉투였고, 안에는 하얀 종이에 출력한 편지가 들어 있었고요."

현진의 손가락이 노트북을 바쁘게 두드리기 시작했다.

"워워, 익스큐즈 미! 지금 뭐 하시는 거예요?"

"네가 하는 말을 기록하는 거야."

"왜요? 아니, 잠깐. 노트북 좀 그만 치시라고요! 이거 불법 아니에요?"

현진이 한숨을 쉬었다.

"너희들의 이야기를 모아서 교장 선생님께 보고드려야 하거든. 너 말고 다른 애들도 만나야 하는데, 너희들이 하는 말을 일일이 기억할 자신이 없어서. 지금 작성하는 파일은 나만 볼 거니까 걱정하지 마."

선생님이 돼서 그 정도도 못 외운다고? 성규는 치솟는 분노를 간신히 진정시켰다. 남한테 보여주든 아니든, 자신의 말이 기록된다고 생각하니 가슴이 답답해졌다.

아니다. 고작 이 정도 일로 흥분해서는 안 된다.

최대한 무심하게 행동한다.

이 방에 들어오기 전, 스스로에게 건 주문이다. 나현진 선생님은 나경 고등학교가 첫 부임지다. 서른 살은 됐으려나. 이런 젊은 선생쯤은 얼마든지 상대할 수 있다.

"저기요, 선생님. 저는 당최 이해가 안 되네요? 이거 완전 취조실 같잖아요. 아니다, 취조실이면 저렇게 밖이 뻥 뚫렸을 리가 없지. 어쨌든 왜 제가 범인처럼 신문받는 분위기죠? 제갈윤이 저한테 개학 날 편지를 보냈다는 것도, 오픈채팅방에 접속해서 편지를 올렸다는 것도 말이 안 되잖아요. 제가 왜 여기 있어야 하는데요?"

"널 취조하는 게 아니라 어떻게 된 일인지 학교에서도 진실을 파악하려는 거야. 편지가 올라온 오픈채팅방은 지금 폐쇄됐어. 하지만 밤사이에 많은 학생들이 편지를 봤고, 학생들이 편지 이미지를 다운받아서 카톡으로 돌리는 바람에 이미 퍼질

대로 퍼졌다고 생각해야겠지. 벌써 학부모님들까지 알게 돼서 교무실로 전화가 수없이 오고 있어. 이 동네 분위기가 어떤지는 알지?"

현진은 숨이 차는지 말을 멈췄다.

"알죠. 여기 신도시 아줌마들, 애들 교육에 완전 목숨 걸었잖아요. 근데 이 일을 왜 선생님이 하는데요?"

"내가 엔지 시네마 지도 교사였잖아. 제갈윤의 담임이기도 했고."

성규는 대답 대신 팔짱을 낀 채 코웃음을 쳤다.

"이제 네가 여기 있는 이유를 알겠지? 채팅방에 올라온 편지 내용이 사실인지 너희가 확인해줘야 이 일을 빨리 마무리 지을 수 있어. 담임으로서 부탁 좀 할게. 그럼 다시 편지 얘기로 돌아가자. 석 달 전, 그러니까 2학기 개학 날에 받은 편지와 어젯밤 채팅방에 올라온 편지는 같은 거니?"

"네."

"편지를 받고 놀라지 않았어? 윤이는…… 올해 3월에 죽었잖아."

"자살했죠. 이 학교 옥상에서 점프해서."

성규는 현진의 말을 보다 정확히 고쳐주었다.

그 애가 죽은 지 어느새 7개월이 지났다.

성규와 윤은 1학년 때도, 2학년 때도 같은 반이었다. 남자애들과 시시덕거리다가도 성규는 가끔씩 윤의 차분한 단발머리에 눈길을 멈췄다. 사람의 머리카락이 그렇게 반짝일 수 있다는 사실에 놀라워하다가 자신의 부스스한 반곱슬머리를 괜히 쓸어 넘기곤 했다.

윤은 그런 아이였다. 가만히 있어도 시선이 머무르는 아이.

대부분의 아이들은 주목받기 위해 온갖 노력을 한다. 성규처럼 유치한 농담으로 아이들을 웃기거나, 높은 성적을 위해 공부에 몰두하거나, 화장을 하거나 운동을 해서 외모를 가꾼다. 하지만 윤에게는 그런 간절한 노력이 필요 없었다. 그렇다고 윤이 연예인처럼 예뻤다거나 전교 1등을 도맡아 하는 우등생은 아니었다. 여느 여학생에 비해 키가 한 뼘 정도 컸고, 말이 유난히 적었으며, 가지런한 이목구비는 예쁘다기보다는 미소년 같았다. 하지만 윤의 주변에는 다른 아이들과 구별되는 투명한 막이 세워져 있는 듯했다. 게다가 성도 '제갈'이라니. 한 번 들으면 쉽게 잊을 수 없는 이름이다.

사람들은 연예인을 직접 보면 후광이 비친다고 말한다. 그 후광이란 윤을 볼 때와 비슷한 느낌이 아닐까. 하지만 윤은 자신이 얼마나 특별한 분위기를 풍기는지 모르는 것 같았고, 그 무심한 태도가 더욱 눈길을 끌었다.

1학년 교실에서 윤을 처음 본 순간 성규는 생각했다.

저 애는 평생 잊지 못할 거라고.

그리고 성규의 예상은 현실이 됐다.

올해 3월의 마지막 날, 윤은 야자를 마치고 옥상으로 올라가 가방을 고이 벗어 놓고 뛰어내렸다. 그렇게 조용하던 애가 개교 이래 가장 쇼킹한 짓을 저지른 것이다. 당연히 학교는 뒤집어졌다. 하필이면 나경 고등학교는 수녀님이 교장인 가톨릭 고등학교였고, 학생들은 자살이 가톨릭 교리에서 가장 큰 죄라는 말을 수없이 들어왔다. 한술 더 떠 윤이 죽은 다음 날은 만우절이었다. 조례 시간에 윤의 자살 소식을 들은 아이들은 처음에는 웃음을 터뜨렸다가 잠시 뒤 엄청난 충격에 휩싸였다. 윤의 담임이었던 나현진 선생님과 교장 선생님은 경찰 조사를 받았고, 학생들은 급하게 불려 온 외부 강사에게 자살 방지 교육을 받았다. 윤의 책상에는 하얀 국화가 봉긋한 무덤처럼 쌓였다. 교장 선생님이 신부님을 불러서 윤이 떨어진 곳에 성수를 뿌렸다는 괴담 같은 소문도 떠돌았다.

성규도 아침에 윤의 소식을 듣고 웃어댔던 아이들 중 하나였다. 성규는 윤이 우울증 같은 병에 걸렸다고 믿었다. 자살 방지 교육을 하러 왔던 강사도 청소년 우울증이 점점 늘어나는 추세라고 했다. 윤은 엄마가 갑자기 죽은 뒤로 우울증에 걸

린 게 분명했다. 이혼한 엄마와 단둘이 살았으니까. 윤의 죽음
이 그날 밤 일과 관련 있을 리는 없다.

윤은 그 일을 모를 테니까.

성규는 의자에 등을 삐뚜름하게 기댔다.

"처음에 편지를 받고 놀랐냐고 하셨죠? 아니요, 그럴 이유
가 없죠. 생각해보세요. 3월에 죽은 애가 2학기 개학 날에 교
실로 들어와서 수학 교과서 사이에 편지를 넣어요? 무슨 귀신
도 아니고. 아니, 귀신도 그런 짓은 못하죠. 그리고 그 편지는
펜으로 직접 쓴 것도 아니고 한글 파일을 출력한 거라 제갈윤
이 썼다는 증거도 없었어요. 아, 꽃무늬 봉투에는 '성규에게'
라고 직접 썼더라고요. 딱 봐도 여자애 글씨 같기는 했지만 그
정도는 저도 흉내 낼 수 있거든요."

현진이 키보드를 두드리던 손을 멈췄다.

"그래서 편지를 읽고 어떻게 했니?"

"뭘 어떻게 해요. 버렸죠."

"버렸다고?"

"그럼 죽은 애한테 편지가 왔다고 학교 게시판에라도 붙일
까요?"

빗소리가 갑자기 요란해졌다. 불쑥 한기가 들어 현진은 몸
을 떨었다. 성규는 고개를 빼고 창밖을 내다봤다. 운동장에는

이제 아무도 보이지 않는다. 야자 하는 애들 중에 우산이 두 개 있는 애가 없으려나. 축축한 건 질색인데. 현진이 손등으로 책상을 두드렸다.

"박성규, 집중 좀 할까?"

"집중하고 있거든요."

"워드로 치긴 했지만 윤이가 너한테 보낸 편지에는 윤이 어머님에게 일어났던 사고 내용이 자세히 적혀 있어. 본인이 아니라면 몰랐을 이야기까지. 혹시 다른 아이한테 부탁했던 게 아닐까? 자기가 죽은 뒤에 너희들에게 편지를 하나씩 전해주라고."

"우리 동아리에 있으면서 영화를 너무 많이 보셨네요."

"아니라면 이 일을 어떻게 설명할래? 윤이는 죽기 전에, 혹은 죽은 뒤에 다른 아이한테 편지 배달을 부탁한 게 아닐까? 그 애가 어젯밤에 윤이 이름으로 채팅방에 접속해서 편지를 올린 거야."

"익스큐즈 미? 죽은 뒤에 어떻게 편지 배달을 부탁해요?"

"죽기 전에 그 애에게 택배나 우편으로 편지들을 보냈겠지. 자기가 죽은 뒤에 받을 수 있도록."

"오 마이 갓. 진짜 어이가 없네. 어쨌거나 저는 아무것도 몰라요. 이게 무슨 일인지는 편지 올린 새끼를 잡아서 물어보셔야죠. 저도 피해자라고요! 오늘 아침부터 애들이 저를 보면서 얼마나 수군댔는지 아세요? 그 뭐냐, IP 추적 같은 건 해보셨어요?"

"그건 학교에서 알아서 할 거야. 그리고 이 방에서 욕설은 안 썼으면 좋겠다."

성규는 일부러 크게 한숨을 쉬었다. 창문을 타닥거리며 때리는 빗소리 속에서 현진이 물었다.

"편지에 적힌 내용은 모두 사실이니?"

"저기요, 선생님. 아까도 말했지만 그 편지를 제갈윤이 썼다는 증거는 1도 없다니까요. 그리고 그 편지에 적힌 내용이 사실인지 아닌지 제가 어떻게 알아요? 제가 아는 건 이것뿐이에요. 작년 11월에 제갈윤은 엄마 차를 타고 학원에 가다가 사고를 당했다. 그 사고로 엄마가 죽었다. 제갈윤은 그 충격을 못 이기고 올해 3월에 자살했다. 끝."

편지를 버렸다는 건 거짓말이었다. 버리고 싶은 마음은 굴뚝 같았지만 왠지 그럴 수 없었다. 어쨌든 그 편지 덕분에 별로 궁금하지도 않았던 사고에 대해 자세히 알게 됐다.

그날은 11월인데도 유난히 더웠다고 했다. 갑작스러운 더위에 옷소매를 짜증스럽게 걷게 되는 날. 제갈윤은 원래 학원 버스를 타고 영어 학원에 가는데, 그날따라 윤의 엄마가 회사에서 일찍 돌아왔다. 윤은 평소대로 학원 버스를 타려고 했지만 엄마는 자기가 데려다주겠다고 우겼다. 실랑이를 벌이다 시간은 오히려 늦어졌다. 이제 좋든 싫든 엄마 차를 타지 않으면 지각할 처지였다.

윤의 엄마는 윤과 코카스파니엘 강아지 봄이를 태우고 아파트 후문으로 차를 몰았다. 정문으로 나가는 것보다 거리는 늘어나지만 그쪽 도로는 막히는 법이 없었다. 윤은 조수석에 앉아 헤드폰을 쓰고 영어 단어를 외웠다. 그런데 차가 웬일로 꼼짝도 하지 않았다.

윤이 탄 그랜저 앞에 택시 한 대가 멈춰 있었다.

좁은 일차선 도로라 차선을 바꾸고 택시를 지나칠 수도 없었다. 윤의 엄마는 인내심을 가지고 기다렸다. 깜박이는 비상등을 보고 택시에 뭔가 사정이 있겠거니 생각했다.

다행히 조수석 문이 열리더니 한 남자가 비틀거리며 내렸다. 몸에 달라붙는 검은 티셔츠를 입고 머리를 바짝 깎은 남자였다. 목덜미에는 눈에 띄는 검푸른 문신이 있었다. 남자는 벌건 얼굴로 뒷문을 열고 안에 대고 뭐라고 소리쳤지만 뒷자리에서는 아무도 내리지 않았다. 남자는 결국 허리를 숙이고 차안으로 상체를 밀어 넣었다. 곧 검은 양복바지를 입은 오른쪽 다리가 밖으로 튀어나왔다. 윤과 윤의 엄마는 그제야 상황을 파악했다. 둘은 술을 진탕 마셨고, 문신남의 일행은 너무 취해서 뒷자리에 널브러져 있었던 것이다.

학원 시간은 이미 10분이나 지났고, 사이드미러를 보니 윤의 그랜저 뒤에도 차들이 늘어서 있었다. 윤이 헤드폰 볼륨을 짜증스럽게 키우던 순간, 길고 요란한 경적 소리가 들렸다. 경적 소리는 그 뒤로 한 번 더 이어졌다. 윤과 문신남의 눈이 마주쳤다. 남자는 씩씩대며 그랜저 쪽으로 걸어오더니 자동차 후드를 주먹으로 내리치기 시작했다. 굵은 금반지와 두피에 맺힌 땀이 햇빛에 반짝였다. 윤의 엄마가 자신에게 경적을 울렸다고 생각한 것이다. 남자는 욕설을 퍼부으며 계속 후드를 때렸고, 놀란 봄이는 목이 터져라 짖기 시작했다.

그 소란을 더 이상 참을 수 없었던 윤의 엄마는 차 문을 열었다. 윤은 황급히 손을 뻗었지만 엄마를 붙잡지는 못했다. 윤은 차 문을 잠근 뒤 핸드폰에 '112'를 찍었다. 여차하면 통화 버튼을 누를 생각이었다. 문신남과 엄마가 몸싸움이라도 벌인다면 백전백패일 테니까.

윤이 헤드폰을 벗은 순간, 문신남이 금반지로 후드를 다시 한번 내리쳤다. 윤의 엄마는 남자의 어깨를 밀었고, 남자는 더 세게 엄마를 밀었고, 엄마는 눈앞에서 사라졌다.

뒤차들은 이제 인내심을 잃었다. 길고 짧은 경적 소리와 봄이가 짖는 소리가 윤의 엄마가 사라진 공간을 메웠다. 차에서 내려야 했지만, 엄마가 왜 다시 일어나지 않는지 알아봐야 했지만 윤은 봄이를 껴안은 채 꼼짝도 못했다. 택시 기사가 그제야 튀어나오더니 윤의 엄마 쪽으로 달려갔다. 윤은 '112'가 찍힌 핸드폰을 쥔 채 경찰차와 구급차가 올 때까지 움직이지 않았다. 깨진 연석에 머리를 부딪쳐 그 자리에서 즉사한 엄마가 구급차에 실리는 순간까지도.

경찰이 기구로 차 문을 열고 윤을 끌어냈다. 윤이 경찰차에 탈 때까지도 택시 밖으로 빠져나온 오른쪽 다리는 여전히 허공에 늘어져 있었다.

편지를 받은 2학기 개학 날, 성규는 수학 선생님의 눈을 피해 교과서 사이에 편지를 끼워 놓고 읽었다. 그 부분까지 읽었을 때는 헛웃음이 나왔다. 이렇게 자세한 사연까지는 몰랐지만 소문은 들어 알고 있었다. 시시비비를 가릴 것도 없는 사건이었다. 목격자도 많았고, 문신남은 이미 몇 건의 전과를 가지고 있다고 했다. 성규는 윤의 엄마에게도 잘못이 있다고 생각했다. 범상치 않은 문신을 봤으면 경적을 누르는 대신 30분이든 한 시간이든 참았어야 했다. 그깟 자동차에 흠집이 생겨도 이성을 잃고 차 밖으로 튀어 나가서는 안 됐다.

사람은 자고로 눈치가 있어야 하는 법이다.

나경 고등학교 학부모들의 생각도 성규와 비슷했다. 사람들은 모녀가 운이 지독히도 없었다고 수군댔다. 하지만 문신남보다는 오히려 옆에 딸을 태웠는데도 불구하고 인내심을 잃은 제갈윤의 엄마를 탓했다. 성규의 엄마도 그 소식을 듣고 이렇게 말했다.

싸울 게 아니라 빨리 경찰에 신고했어야지. 자기가 나가서 뭘 어쩌겠다고. 그리고 경적은 또 왜 눌러?

편지에 적힌 사건을 다시 떠올리자 잠시나마 윤이 안됐다는 생각이 들었다. 머리를 부딪쳐 즉사하는 일은 영화에서나 벌어지는 줄 알았다. 하지만 그건 벌써 1년 전 일이었고, 몇 달 뒤면 성규는 고3이 된다. 연극영화과 진학이 목표인 성규로서는 실기부터 내신까지 준비할 게 한두 가지가 아니었다. 그러니까 자신과 상관없는 일로 이런 곳에 붙잡혀 있을 이유가 없다. 게다가 저 짜증 나는 비는 도무지 멈출 생각을 안 한다.

"이제 가도 되죠?"

현진이 목소리를 낮췄다.

"아니."

"헐! 또 왜요?"

"어제, 그러니까 채팅방에 편지가 올라온 날. 그날이 무슨 날이었는지 아니?"

"11월 1일 아니에요? 뭘 어쩌라고요!"

"윤이 어머님이 돌아가신 날이랑 똑같아. 작년 그날도 11월 1일이었지. 왜 윤이가 너한테 보내는 편지에 그 사고 이야기를 썼을까? 이유를 생각해본 적 있니?"

성규는 몸을 내밀고 현진을 노려봤다.

"모른다는 소리를 도대체 몇 번이나 해야 돼요? 저도 편지를 받고 맨 처음 든 생각이 그거였어요. 왜 나한테 이런 얘기를 하지? 꼴랑 같은 동아리에 있었다고?"

제가 걔 남자 친구라도 돼요?

마지막 말은 내뱉지 않았다. 1학년 때 윤에게 고백했다가 보기 좋게 차였던 순간이 떠올랐기 때문이다. 주눅 드는 일이 좀처럼 없는 성규라고 해도 좋아하는 여자애한테 고백하는 건 쉽지 않았다. 야, 제갈윤. 우리 사귀자, 라는 밑도 끝도 없는 제안에 윤은 10초도 지나지 않아 이렇게 대답했다.

그건 좀. 안 되겠어.

어찌나 무안했던지 성규는 자신의 곱슬머리를 죄다 쥐어뜯고 싶었다. 차일 줄 알았으면 카톡으로 물어볼걸. 거절당한 이유에 대해 별의별 생각이 다 들었다. 말투가 장난스러웠나. 그래서 농담인 줄 알았나. 아니면 내 얼굴이 마음에 안 드나. 도대체 뭐가 문제지. 왜 안 되겠다는 거야?

윤은 성규의 마음을 읽기라도 한 듯 짧게 덧붙였다.

넌 그냥 친구니까.

그날 일을 생각하자 갑자기 목에 뭔가가 걸린 것 같았다. 현진의 목소리가 성규를 다시 현실로 이끌었다.

"윤이가 너한테 그 이야기를 쓴 이유는 편지 맨 끝에 있던

데. 편지를 버려서 기억이 안 나는 모양인데 다시 읽어줄게."

현진은 출력한 종이를 들고 말을 이었다.

"끔찍한 일을 겪은 사람은 자신이 그 일을 바꿀 수 있었다고 믿으며 스스로를 괴롭히지. 내가 끝까지 버스를 타고 가겠다고 우겼다면. 후문이 아니라 정문으로 가자고 말했다면. 엄마가 차 밖으로 나가기 전에 붙잡았다면."

성규의 인내심은 한계에 이르렀다. 누군가 관자놀이를 양손으로 짓누르는 것 같았다.

"저기요, 선생님. 이제 그만 좀 하시죠. 저 바쁘거든요? 연기 레슨 있다고요! 그게 한 타임에 얼마짜리인 줄 아세요?"

"아직도 밤에 눈을 감으면 택시 밖으로 늘어져 있던 다리가 떠올라. 그리고 내가 스스로를 향한 원망으로 점점 무너져 내리던 어느 날, 그 일이 벌어졌지. 너희들은 도미노 행렬의 마지막 부분에 세운 나무 조각들이야. 너희가 결국 나를 낭떠러지로 떨어뜨렸어. 아, 제일 중요한 말을 잊을 뻔했네. 그날 경적을 누른 사람은 우리 엄마가 아니었어. 나는 죽었지만 잊지 마. 내 죽음은 너희들 때문이야."

"워워, 잠깐만요. 설마 제가 경적을 눌렀다고 생각하시는 건 아니죠? 저는 운전 못 해요. 우리 엄마도 장롱 면허예요! 아니, 이 편지 자체가 제갈윤이 쓴 게 아니라니까요!"

성규는 황급히 입을 다물었다. 절대 흥분하면 안 된다. 나는 아무것도 모르는 피해자다.

"혹시 윤이가 다른 애들한테 쓴 편지도 읽어봤니? 거기에도 네 얘기가 나오던데."

성규의 눈동자가 정처 없이 흔들렸다. 다른 편지들은 읽어보지 못했다. 도대체 무슨 말이 쓰여 있다는 거야. 제갈윤이 그 일을 알 리가 없는데. 성규는 땀이 밴 축축한 손으로 메마른 입가를 훔쳤다. 아침부터 자신을 흘끔거리던 여자애들의 싸늘한 시선이 떠올랐다. 남자애들마저 평소와 달리 자신이 던지는 농담에도 웃지 않았다.

현진은 노란색 파일에서 다른 종이들을 차례로 꺼냈다.

"윤이가 다른 애들한테 쓴 편지니까 천천히 읽어봐. 아무래도 오늘 연기 레슨은 쉬어야겠다."

성규는 호흡을 고르며 다시 주문을 걸었다.

나는 배우 지망생이다. 풋내기 선생 하나쯤은 얼마든지 속일 수 있다.

그날 밤 이야기만 없다면 무사히 넘어갈 수 있다.

두 번째 편지

우진

作년 3월에 개교한 나경 고등학교의 디자인 콘셉트는 밝고 세련된 통유리창이었다. 학교에서는 탁 트인 풍경으로 학생들의 학업 스트레스를 덜어준다고 자랑했지만 학생들의 생각은 그렇지 않았다. 심지어 상담실과 자습실 벽까지 통유리로 되어 있어 안에 누가 있는지, 누가 공간의 목적과 어긋나는 행동을 하는지 훤히 들여다보였다.

학생회에서는 명백한 기본권 침해라며 공사를 다시 해야 한다고 나섰다. 교장실 문은 통유리가 아니라는 점을 지적하며 적어도 상담실만큼은 커튼이라도 달아야 한다고 주장했다. 상담실, 그러니까 은총의 방은 상담보다는 주로 학생들을 추궁하는 공간으로 쓰였기 때문이다.

성규는 나머지 세 통의 편지를 모두 읽은 뒤, 한참 만에 상담실을 나갔다. 현진은 무거운 눈꺼풀을 억지로 뜨며 차갑게 식은 커피를 들이켰다. 밖에서 성규와 우진이 이야기를 나누는 모습이, 아니 성규가 우진을 다그치는 모습이 훤히 보였다.

무슨 이야기를 하고 있을까.

우진의 축 처진 어깨와 바닥에 꽂힌 시선을 보자 오늘 아침 일이 떠올랐다. 교장 선생님 앞에 서 있던 자신의 모습도 딱 저랬을 것이다. 편지에 적힌 일들에 대해 솔직히 말해달라고 성규에게 부탁했지만 자신도 완전히 솔직하지는 못했다.

예를 들면, 오늘 아침의 일처럼.

현진은 교무실에 들어와 코트를 벗자마자 교장 선생님의 전화를 받았다. 당장 교장실로 오라는 호출에 엘리베이터를 탈 생각도 못하고 5층까지 계단을 뛰어올랐다. 긴 복도 끝에 교장실의 육중한 나무 문이 보였다. 그리고 복도 중간에는 옥상으로 이어지는 짧은 계단이 있었다. 현진은 그 계단 앞에서 걸음을 멈추고 숨을 골랐다. 빨간 벨벳 천이 이어진, 출입 금지를 뜻하는 황금색 기둥 두 개가 계단을 가로막고 있었다. 제갈윤이 자살한 뒤에 부랴부랴 설치된 기둥이다. 옥상 문이 제대로 잠겨 있는지도 경비원이 날마다 확인한다고 했다.

현진은 헛기침을 하며 목소리를 가다듬었다. 그리고 불안한 시선으로 자신의 옷차림을 내려다봤다. 아이보리색 브이

넥 니트에 남색 슬랙스, 적당한 굽의 검은색 구두. 현진은 니트의 목 부분을 끌어올렸다. 아침부터 교장실에 갈 줄 알았으면 조금이라도 덜 파인 옷을 입었을 텐데. 코트를 걸치고 올걸 그랬다는 생각이 들었지만, 다시 교무실에 다녀오면 시간이 지체될 것이다.

이곳에 부임한 지 어느새 2년째였지만 교장 선생님은 여전히 어렵고 불편했다. 엄숙해 보이는 수녀복 때문만은 아니었다. 150센티미터의 작은 키에도 교장 선생님은 어떤 거구의 남학생들보다 크고 위엄 있어 보였다. 꾹 다문 얇은 입술과 안경 너머로 자신을 빤히 바라보는 시선을 마주할 때면 몰래 담배를 피우다 들킨 불량 학생이 된 기분이었다.

교장실 문을 두드렸지만 대답이 없었다. 다시 노크하려는 순간, 문이 열리더니 교감 선생님이 나타났다. 현진은 뒤로 물러나며 고개를 숙였다.

"안녕하세요."

교감 선생님은 손수건으로 목덜미의 땀을 훔치며 안으로 들어가라는 손짓을 보냈다. 그 모습에 지금이 11월이라는 걸 잠시 잊을 뻔했다. 교감 선생님이 현진의 뒤통수에 대고 말했다.

"하, 요즘 애들은 정말 답이 없어요. 수고 좀 해요, 나 선생."

교장 선생님은 두 손을 깍지 낀 채 책상 앞에 앉아 있었다. 현진은 눈치를 보며 침을 삼켰다. 무거운 정적 속에서 꼴깍 소리가 눈치 없이 크게 들렸다. 눈을 질끈 감은 순간, 엄숙한 목소리가 귀에 꽂혔다.

"그 오픈채팅방. 나 선생님도 보셨습니까?"

머릿속이 바쁘게 돌아갔다. 오픈채팅방이라니. 그게 무슨 소리지. 교장 선생님과 그렇게 어울리지 않는 단어가 또 있을까.

"글쎄요……. 무슨 말씀이신지……."

"젊은 선생이 학교 소식에 그렇게 둔해서야 되겠습니까."

교장 선생님은 변명할 틈도 주지 않고 제갈윤이 어젯밤 오픈채팅방에 올린 편지들에 대해 빠르게 설명했다. 그 이름을 듣자마자 드러난 목덜미가 더욱 서늘해졌다.

제갈윤이라니.

이제야 그 일이 잠잠해졌다고 생각했는데.

"학생들이 부모님들에게도 그 편지를 보여줬는지 아침부터 교무실로 전화가 빗발치고 있어요. 그 오픈채팅방은 소식을 듣자마자 폐쇄하라고 지시했습니다."

현진은 멍하니 고개를 끄덕였다. 도대체 누가 제갈윤의 이름을 사칭해 채팅방에 접속했을까. 그리고 그 편지들에는 정확히 어떤 내용이 담겨 있을까. 교장 선생님의 설명만으로는 감을 잡을 수가 없었다.

"그것뿐이라면 다행이지요. 내 방 옆에 있는 '진실의 소리함'

알죠?"

"네?"

"나한테 직접 건의하고 싶은 내용의 쪽지를 넣는 나무함 말입니다."

"아, 네네. 압니다. 당연히 알죠."

교장실 문 옆에는 문과 똑같은 목재로 만든 작은 나무함이 붙어 있었다. 학생회는 이 나무함에도 딴지를 걸었다. 학생들이 접근하기 힘든 곳에 있다는 것이 그 이유였다.

"나는 매일 아침 정확히 8시 15분에 진실의 소리함을 엽니다. 지금까지 왔던 쪽지들은 모두 시답잖은 내용들이었어요. 담임이 아무개만 예뻐한다. 급식에 나오는 연근조림이 딱딱하다. 2층 여자 화장실 문이 안 잠긴다. 한때는 성가신 마음에 그 나무함을 없앨까 싶기도 했지만 그러지 않았어요. 학생들에게 한 약속이었으니까. 그런데 오늘은 진작 없애지 않은 게 정말 후회되는군요."

교장 선생님이 흰색 봉투를 건넸다. 봉투 안에는 직사각형 모양의 USB와 타이핑해서 출력한 메모가 들어 있었다.

김옥경 미카엘라 교장 선생님께,

제갈윤 학생의 죽음에 책임이 있는

엔지 시네마 부원 네 명을 철저히 조사해주십시오.

그리고 11월 16일 오후 4시까지

학교 본관 게시판에 마땅한 처벌을 공고하십시오.

이 내용이 지켜지지 않는다면 그들이 벌인 일과 나경 고등학교의 묵인을

증거 자료와 함께 해당 교육청에 직접 제보하겠습니다.

현진은 봉투의 앞뒤를 살폈다. 이 메모를 보낸 사람의 이름은 당연히, 어디에도 적혀 있지 않았다.

교장 선생님이 말했다.

"오픈채팅방에 접속해서 편지를 올린 학생과 이 메모를 보낸 학생은 동일 인물이겠지요."

"이 USB는 열어보셨어요?"

"채팅방에 올라온 네 개의 편지 이미지들이 들어 있습니다. 그리고…… 나머지 사진은 나 선생님이 알아서 열어보세요. 다른 교사들이 있는 곳에서는 보지 말고 개인적으로. 무슨 뜻인지 알겠습니까?"

현진은 여전히 어리둥절한 심정으로 봉투에 USB와 메모를 넣었다. 교장 선생님이 말을 이었다.

"이런 협박을 들었다고 학생들을 다짜고짜 처벌할 수는 없잖아요? 하지만 편지에 적힌 일들이 사실이라면, 일부 학생은 처벌을 피할 수 없을 겁니다. 네 명의 학생들을 불러서 편지에

적힌 이야기의 진실 여부를 낱낱이 확인하세요."

"제가요?"

자기도 모르게 높은 목소리가 튀어나왔다. 교장 선생님의
흐릿한 갈색 눈동자가 현진을 똑바로 쏘아봤다.

"나 선생은 제갈윤 학생의 담임이었잖아요. 1학년 때도, 학
교 옥상에서 뛰어내린 올해에도 그랬지요. 엔지 시네마의 지
도 교사이기도 했고. 나 선생이 아니면 누가 이 일을 하겠습니
까?"

교장 선생님의 눈길이 현진의 휑한 목덜미에 꽂혔다. 역시
코트를 입었어야 했다.

"게다가 젊은 선생이니 학생들과도 얘기가 잘 통하지 않겠
어요? 구슬리기도 해보고, 윽박지르기도 하면서 교사로서의
역량을 발휘해보세요. 이봐요, 나 선생. 나는 그 편지들에 적
힌 내용이 당연히 사실이 아니길 바랍니다. 제갈윤 학생이 그
런 불미스러운 일을 벌인 뒤로 이 학교 이미지가 어떻게 됐는
지 잘 알 거예요. 검색 사이트에 나경 고등학교를 치면 아직도
그 기사가 제일 먼저 뜹니다. 그러니 또 다른 불명예는 막아야
하지 않겠어요? 이런 일을 벌인 학생을 만만히 봐서는 안 된다
고 생각해요. 학생들이 다 보는 오픈채팅방에 그런 편지를 올
리고, 감히 나한테까지 이런……."

교장 선생님의 입술이 굳게 닫혔다. 불쾌함으로 씰룩거리

는 얇은 입술을 내려다보며 현진은 교장 선생님의 말을 곱씹었다. 지금으로서는 그 학생이 누군지 상상도 가지 않았다. 하지만 그 학생이 정말로 교육청에 제보를 한다면 학교는 조사를 받을 테고, 또 한바탕 난리를 겪을 것이다.

올해 3월의 마지막 날 밤, 현진은 집에서 제갈윤의 소식을 들었다. 전화를 받자마자 병원으로 갔지만 윤은 이미 숨을 거둔 뒤였다. 그다음 날은 하필이면 만우절이었다. 조례 시간에 윤의 소식을 전하면서도 거짓말쟁이가 된 기분이었다. 몇몇 아이들은 현진이 농담을 한다고 생각하며 키득거렸다. 현진은 더 크게 웃으며 외치고 싶었다. 놀랐지? 나도 거짓말 좀 해 봤어.

하지만 윤의 죽음은 완벽한 사실이었다.

죽음을 실감할 겨를도 없이 경찰 조사가 시작됐다. 현진과 교장 선생님은 경찰과 면담을 했다. 게다가 담임 교사는 '학생 자살 사안 보고서'라는 서류를 일주일 안에 의무적으로 제출해야 했다. 그런 서류가 존재한다는 것도 현진은 그때 처음 알았다. 과연 일주일 안에 학생의 자살 원인을 제대로 파악할 수 있을까. 가장 작성하기 힘들었던 문항은 맨 마지막에 있었다.

학생이 어떠한 이유로 자살을 했다고 생각하십니까?

짐작할 수 있는 이유라고는 윤이 중학생 때 부모가 이혼을 했으며, 작년 11월에 어머니가 갑작스레 세상을 떠났고, 윤은 원체 내성적인 아이라 슬픔을 표현하지도 못하고 혼자 괴로워했으리라는 것 정도였다. 현진은 자신의 생각을 솔직히 적었다. 하지만 교장 선생님의 이야기를 듣자 지금까지 외면했던 의문들이 기지개를 켰다.

윤은 왜 죽었을까.

엄마를 잃고 당연히 엄청난 고통과 상실감을 느꼈겠지만 과연 그 일로 자살까지 생각했을까. 그리고 하필이면 왜 학교에서 몸을 던졌을까.

교장 선생님이 말했다.

"그 학생이 죽고 옥상으로 이어지는 계단 앞에 도금 기둥을 설치할 때, 천장에 시시티브이를 달자는 의견이 있었어요. 옥상 문만 잘 잠그면 됐지 뭘 그렇게까지 하냐고 내가 반대했지요. 지금 와서 이런 말을 해봤자 무슨 소용이겠냐만, 그때 시시티브이를 달지 않은 게 정말 후회되는군요. 그것만 들여다봤으면 어떤 학생인지 금세 잡았을 텐데."

천장에 시시티브이가 있었다면 그 학생은 '진실의 소리함'에 이런 봉투를 넣지 않았을 것이다. 그 정도는 미리 확인하지 않았을까.

"행정실에 알아보니 오픈채팅방에 접속한 카톡 아이디로

그 학생을 잡는 것도 거의 불가능한 일이라더군요. 정말로 신원을 알고 싶으면 정식으로 고소를 해야 한다는데 그럼 일이 더 복잡해지지 않겠습니까? 그러니까⋯⋯."

교장 선생님이 다시 앙상한 두 손을 맞잡았다.

"네 명의 학생들을 만나 무슨 일이 있었는지 철저히 알아보고 보고하세요. 상담 내용과 이 협박 편지에 대해서는 비밀을 지키고. 학교 차원의 징계가 있으려면 정식으로 선도위원회를 열어야 한다는 건 알고 있죠? 오늘이 11월 2일입니다. 시간이 없어요."

점심시간이 되어서야 USB에 담긴 편지들을 제대로 읽어볼 여유가 생겼다. 현진은 함께 담긴 다른 사진도 확인했다. 사진을 본 순간, 점심을 먹고 싶은 마음은 싹 사라졌다. 현진은 편지에 담긴 내용을 토대로 아이들에게 할 질문을 정리했다. 손이 떨려서 노트북 컴퓨터의 자판을 몇 번이나 잘못 쳤다. 지금까지 그 아이들을 누구보다 잘 안다고 생각했다. 탄탄하게 발을 딛고 서 있던 땅이 순식간에 뒤집힌 기분이었다. 제갈윤의 자살로 받았던 충격보다 오히려 이번 사건의 충격이 컸다. 하지만 아이들 앞에서 이런 내색을 해서는 안 된다. 이 일을 제대로 해내려면 냉정을 유지해야 한다. 그렇다고 교사의 권위를 내세우며 다그치면 아이들은 입을 다물 것이다. 적당한 균

형을 유지하며 조심스레 다가가야 한다.

편지들을 읽는 내내 아무에게도 털어놓지 않았던 윤과의 일이 떠올랐다. 그 애는 죽기 전날 동아리 수업이 끝난 뒤 자신을 기다렸다. 혹시 이 편지들에 담긴 이야기를 털어놓고 싶었던 건 아닐까. 만약 그랬다면. 자신도 윤의 죽음에 책임이 있다면. 현진이 서 있던 땅이 다시 한번 요동쳤다.

세상에, 내가 무슨 짓을 한 거지.

현진은 애써 마음을 다잡았다. 아니다, 지금은 그 일을 되짚을 여유가 없다.

교장 선생님의 말이 맞다.

시간이 없다.

⬚

성규와 우진은 아직도 상담실 밖에 있었다. 현진은 황급히 일어나 유리벽을 두드렸다. 두 아이가 입을 맞출 시간을 줄 필요는 없다. 우진이 고개를 돌린 틈에 성규가 우진의 손에서 우산을 가로챘다. 우진은 성규의 뒷모습을 바라보다 고개를 떨구고 상담실로 들어왔다. 덩치 큰 성규와 달리 우진은 중간 키에 호리호리한 아이였다. 한쪽에만 쌍꺼풀이 진 눈과 유난히 날카로운 콧날이 돋보이는, 소위 나경고 '얼짱'으로 불리는 잘

생긴 아이였다. 우진은 의자에 앉자마자 오른쪽 다리를 눈에 띄게 떨었다. 그 모습을 보자 성규 때문에 잔뜩 곤두섰던 신경이 조금 누그러졌다. 아직 진실을 파악하기에는 이르다. 편지에 있는 내용을 그대로 믿어서는 안 된다. 아이들에게 섣불리 편견을 갖지 말자고 다짐하며 현진은 한숨을 내쉬었다.

"성규한테 우산 뺏겼니?"

"네."

"내가 고등학생이었을 때는 갑자기 비가 오면 시원하게 맞고 다녔는데. 초등학생 때나 그렇지 고등학교까지 우산 가져다주는 엄마는 없잖아. 성규는 비 맞는 게 정말 싫은가 보네."

"쟤가 곱슬머리라서 그래요. 비 맞으면 머리카락이 더 부스스해진다고."

현진은 발치에 놓아둔 쇼핑백에서 작은 우유 팩과 과자들을 꺼냈다.

"벌써 6시가 넘었네. 아까 매점에서 사 온 거야. 출출할 테니까 이것 좀 먹어."

우진은 우유 팩을 끌어당겨 입구를 열었다. 손가락도 희미하게 떨리고 있다.

"선생님은 안 드세요?"

현진은 미소로 대답을 대신했다. 점심도 걸렀지만 허기는 느낄 수 없었다. 이 방에서 긴장한 사람은 우진만이 아니었다.

허기는커녕 배 속이 체한 것처럼 답답했다.

"오래 기다리게 해서 미안하다. 성규랑 이렇게 얘기가 길어질 줄 몰랐어. 나머지 편지들을 안 읽었다고 하더라고. 우진이는 오늘 일정이 어떻게 되니? 학원 가야 하는 거 아냐?"

"수학이 있기는 한데 괜찮아요. 학원 하루 빠진다고 성적이 떨어지는 것도 아니고. 어차피 지금도 바닥 깔아주면서 다니는데. 엄마가 만날 그러세요. 학원에 전기세 내주러 다닌다고."

"어머님들 잔소리는 참 한결같네. 나도 학생 때 그런 소리 많이 들었는데."

"선생님은 공부 잘했잖아요. 그러니까 선생님도 되셨겠죠."

우유 팩을 내려놓는 우진의 손이 다시 한번 떨렸다.

"윤이가 그렇게 죽고 엔지 시네마가 강제 해산됐지. 교장 선생님이 강경하게 지시를 내리셔서 어쩔 수 없었지만, 지도 교사로서 미안한 마음이 많아. 1학년 때는 네 담임이었지만 2학년 때는 반도 달라지고. 그 뒤로는 국어 시간에만 간신히 만났네. 그동안 어떻게 지냈니?"

"그럭저럭. 매일 비슷하죠, 뭐."

"내가 왜 불렀는지는 알지?"

"저도 봤어요, 그 오픈채팅방. 잠이 안 와서 게임하다 잠깐 들어갔는데……."

현진은 파일에서 미리 꺼내두었던 출력물을 내밀었다. 제갈윤이 우진에게 쓴 편지다.

"성규는 이미 올해 8월 개학 날에 편지를 받았다고 했어. 체육 시간이 끝나고 교실로 돌아오니까 수학 교과서 사이에 들어 있었다고 하더라. 너도 그날 편지를 받았던 거니?"

"그게…… 글쎄요. 저는 책가방 앞주머니에 들어 있었어요. 개학 날에 온 건지는 잘 모르겠고…… 앞주머니는 잘 안 열어 봐서요. 개학하고 며칠 뒤에 발견했나. 누가 그 편지를 넣었는지도 모르겠고요."

"그래서?"

"읽어보고 버렸어요. 가지고 다니기도 그렇고, 집에다 두기도 그렇고……. 편지 얘기는 아무한테도 안 했어요. 선생님도 이제 아시겠지만 그게…… 전부 비밀이었던 얘기라……."

"보라색 꽃무늬 봉투에 '우진에게'라고 쓰여 있었고?"

우진의 눈이 휘둥그레졌다.

"어떻게 아셨어요?"

"성규가 말해줬어. 봉투에 받는 사람 이름이 쓰여 있었다고."

"아……. 네."

"윤이 글씨가 맞았어?"

"모르겠는데요."

"아쉽네. 너는 확인해줄 수 있을 줄 알았는데."

현진은 우진을 보며 두 손을 모았다.

"너랑 윤이, 사귀던 사이였잖아."

떨리던 오른쪽 다리가 멈췄다. 우진의 등으로 땀 한 줄기가 흘러내렸다. 급하게 마신 우유 때문에 배 속이 꼬이는 것 같았다. 비밀을 지키려고 그렇게 노력했는데. 이제 전교생이 그 일을 알게 되었다.

윤은 처음부터 우진과의 사이를 비밀로 하고 싶어 했다. 다른 아이들 입에 그런 일로 오르내리기 싫다고 했다. 우진은 가장 친한 성규에게도 윤과의 사이를 말하지 않았다. 성규는 입이 가볍기로 유명했으니까. 그리고 성규가 윤에게 거절당한 일도 성규에게 들어서 알고 있었기 때문이다. 성규가 윤에게 고백했을 때는 하필이면 우진과 윤이 사귄 지 한 달도 안 되던 때였다. 그래서 책가방 속에서 윤의 편지를 발견한 뒤에도 성규에게도, 다른 누구에게도 말하지 못했다. 그 편지에 자신과 윤이 사귄 사실이 쓰여 있었으니까. 하지만 우진은 다른 부원들도 편지를 받았을 줄은 상상도 못했다.

"저희가 사귄 건…… 사실 몇 달 안 돼요. 그것도 올해는 아니고 작년 일이에요. 1학년 때 성규가 엔지 시네마를 만들었잖아요. 그때 같은 반이었던 저랑 동호, 소영이, 윤이가 모였죠. 동아리 활동을 시작하고 1학기 중반부터인가…… 그때부터 사귀다가 윤이네 엄마가 돌아가시기 전에 헤어졌어요."

성규는 모두의 반대에도 불구하고 동아리에 결국 '엔지 시네마'라는 이름을 붙였다. 나경 고등학교의 머리글자를 따서 지은, 진짜 영화사라면 절대로 선택하지 않을 이름의 영화 동아리였다. 자율 동아리는 지도 교사까지 학생들이 섭외해야 했는데 다행히 아이들의 담임 교사였던 현진이 엔지 시네마를 맡아주었다. 현진은 영화보다는 외국 드라마를 더 좋아했지만, 드라마 작가가 꿈인 소영과 동호에게는 꽤 도움이 되었다.

우진이 엔지 시네마를 선택한 이유는 배우가 되고 싶은 꿈보다는 성규 때문이었다. 성규의 부모님은 둘 다 방송국에서 일했다. 성규의 아빠는 5년째 방영 중인 공영 방송의 예능 프로그램, 엄마는 라디오 프로그램의 피디였다.

사실 우진은 나경 고등학교가 아니라 연극영화과가 있는 예고에 가고 싶었다. 하지만 인터넷에서 얻은 정보에 따르면 예고의 학비는 적어도 1년에 800만 원은 필요했다. 이삿짐센터에서 일하는 아빠가 K신도시 주민들 덕분에 허리에서 파스를 뗄 수 없을 만큼 바쁘다 해도 그 정도 학비는 무리였다.

꿈을 이루는 데도 돈이 든다는 것을 우진은 처음으로 깨달았다.

성규는 우진과 사정이 달랐다. 비싼 예고에도 얼마든지 갈 수 있었지만, 성규의 부모님은 가뜩이나 껄렁대는 아들이 무조건 인문계 고등학교에 진학하길 바랐다. 수녀님이 교장으로 있는, 엄격한 교칙을 자랑하는 나경 고등학교는 딱 성규를 위한 곳이라고 생각했다. 다행히 성규의 부모님은 아들의 꿈까지 무시하지는 않았다. 성규는 영어와 수학 과외 말고도 연기 레슨까지 받고 있었다. 부모님의 직업은 가장 든든한 버팀목이었다. 성규와 친해진다면 나중에 도움을 받을 수 있을 것 같았다. 실력보다 연줄이 중요한 세상 아닌가.

그리고 윤.

"이제 와서 하는 말이지만…… 사실 제가 엔지 시네마에 들어간 건 윤이 때문이었어요. 뭐, 첫눈에 반했다고나 할까. 엔지 시네마 활동을 같이하면서 조금씩 친해졌고, 사귀자고 고백했을 때는 솔직히 차일 줄 알았는데…… 그냥 용기 내서 들이대봤는데 좋다고 하더라고요. 그땐 진짜 기뻤어요. 걔는 뭐랄까…… 다른 여자애들이랑은 좀 달랐잖아요. 내가 그런 애 남친이라니 엄청 으쓱했죠. 전 다른 애들한테도 자랑하고 싶었는데…… 윤이는 우리 사이를 꼭 비밀로 하고 싶어 했어요. 그래서 사귀면서 같이 한 일도 별로 없어요. 반에서도 늘 데면데면하게 굴었고……. 아, 놀이공원에는 한 번 같이 갔었네요. 어쨌든 윤이는 학교 끝나면 학원이랑 과외 때문에 엄청 바빴어요. 그냥 틈틈이 카톡 하고, 밤에 통화 좀 한 게 전부예요."

우진은 말을 멈추고, 노트북을 두드리는 현진의 손을 불안하게 바라봤다.

"솔직히 말해줘서 고마워. 그럼 윤이는 갑자기 왜 헤어지자고 한 거니?"

"네?"

"둘이 헤어졌다고 했잖아."

"아, 그러니까. 먼저 헤어지자고 말한 사람은 저예요. 윤이가 아니라."

현진의 시선이 출력한 편지로 향했다.

"그래? 이 편지를 보면 분명히 윤이가 헤어지자고 한 것 같은데. 이 부분을 봐. '우리가 사귀는 걸 비밀로 했던 건 미안해. 하지만 내가 헤어지자고 했다고 그날 밤에 네가 그런 짓을 할 줄은 몰랐어.'"

"저도 처음 편지를 받았을 때 그 부분이 이상하다고 생각했어요. 근데 거짓말 아니에요. 진짜 제가 먼저 헤어지자고 했어요. 처음에는 좋았지만…… 사귀는 걸 계속 숨겨야 하는 게 짜증 났거든요. 내가 창피해서 그러나 싶었어요. 윤이처럼 공부를 잘하는 것도 아니고, 성규처럼 집이 부자인 것도 아니고. 점점 자존심이 상하더라고요. 계속 그런 생각을 하다 보니까…… 내가 이렇게 존심을 구겨가면서까지 사귈 정도로 걔를 좋아하는지도 모르겠고……. 제 입으로 이런 말 하기 좀 그렇지만, 저한테 먼저 고백하는 여자애들도 꽤 많았거든요. 그래서 어느 날 밤에 윤이가 사는 아파트 앞으로 다짜고짜 찾아갔어요. 학원에서 몇 시에 오는지 알고 있었거든요. 만나서 말했죠. 계속 이럴 거면 그냥 헤어지자고. 우리가 무슨 연예인도 아닌데 왜 이래야 되느냐고."

"그랬더니?"

"한동안 아무 말도 안 하더니 '알았어'라고 했어요. 진짜 그 말이 전부였어요. 윤이의 그 무표정한 얼굴 아시죠? 당황하거나 적어도 미안하다고는 할 줄 알았는데 저도 벙찌더라고요. 그때 이런 생각이 들었어요. 앤 도대체 뭐지? 머릿속에 뭐가 들어 있나. 감정이라는 게 있기는 한가. 그래서 제가 사귀자고 했을 때도 쉽게 오케이 했는지도 몰라요. 저랑 사귀든 안 사귀든 별 상관없었던 거죠. 저는 단단히 착각했던 거예요. 감정도 없는 로봇 같은 애인데 그걸…… 특별함으로 착각한 거죠. 저는 윤이를 제가 보고 싶은 모습으로만 봤던 거예요. 사람들이 환상을 가지고 연예인을 좋아하는 것처럼."

우진은 창문 쪽으로 고개를 돌렸다. 밤새도록 쏟아질 것 같던 비는 두 사람이 알아차리지도 못하는 사이에 멎어 있었다. 짙은 어둠이 운동장을 에워쌌다. 현진은 우진의 시선을 따라 학교 앞 도로를 가득 메운 차들을 쳐다봤다.

"모든 사람이 자신의 감정을 표현하는 데 익숙하지는 않아. 윤이는 널 많이 좋아했을 거야."

"선생님이 어떻게 알아요?"

현진은 우진의 시선을 피해 식은 커피를 한 모금 마시고 키보드를 두드렸다.

'먼저 헤어지자고 한 사람은 제갈윤이 아니라 정우진이었다. 편지 내용과 상담 내용 불일치.'

그리고 한 문장을 덧붙였다.

'왜?'

우진이 물었다.
"그 편지들…… 진짜 윤이가 쓴 거 맞아요? 전 아직도 모르겠어요."
"처음에는 나도 헷갈렸어. 윤이가 쓴 편지가 맞다면 왜 직접 쓰지 않고 워드로 쳐서 출력했을까. 이런 식으로 보내면 받은 사람은 당연히 의심할 텐데. 하지만 점점 윤이가 쓴 게 맞다는 확신이 들어. 둘이 사귄 거 아무도 몰랐다며."
"그럼 이 편지를 우리한테 배달하고, 오픈채팅방에 올린 사람은 누구예요?"
"그건 학교에서 찾을 거야. 내가 할 일은 너희를 만나 진실을 파악하는 거고. 다시 너랑 윤이 얘기로 돌아가자. 둘이 그렇게 헤어진 뒤에는 어땠니? 어색하지 않았어? 작년에는 같은 반이라 학교에서도 매일 봐야 했을 텐데."

우진이 피식 웃었다.

"저 혼자 어색해했죠. 저만 괜히 눈치를 보면서 윤이를 흘끔 거렸어요. 근데 걘 정말 아무렇지도 않아 보였어요. 원래도 그랬지만 제가 있는 쪽으로 눈길 한 번 안 주더라고요."

"기분이 어땠니?"

"어땠겠어요, 선생님? 당연히 어이없었죠. 제가 먼저 헤어지자고 했으니까 그런 생각 하면 안 되는 거 알아요. 그래도…… 아까 선생님이 말한 것처럼 어색해하거나 불편한 척하기라도 해야죠."

"윤이한테 화가 많이 났겠네. 그럼 보복심 때문에 성규랑 그런 일을 벌인 거야?"

현진은 최대한 담담하게 물었다. 하지만 그 말을 듣자마자 우진의 얼굴은 순식간에 달아올랐다.

"아니에요! 보복심이라니 말도 안 돼요. 그렇게 생각하시면 진짜 억울해요. 전 오히려 윤이네 엄마가 그…… 차 사고로 돌아가시고 몇 주 뒤에 다시 사귀자고 했다고요. 윤이가 불쌍했거든요. 중학교 때 부모님이 이혼했으니까 이제 혼자잖아요. 그래도 내가 한때는 걔 남친이었으니까 옆에서 도와줘야겠다고 생각했어요."

"그랬더니?"

"싫다고 했어요. 아니다, '고맙지만 괜찮아'라고 했던가."

"그 말을 듣고 어떤 생각이 들었어?"

"별생각 없었는데요. 싫다는데 할 수 없지 뭐, 그렇게 생각했겠죠. 제가 더 이상 뭘 어쩌겠어요?"

"우진아, 너는 윤이가 왜 죽었다고 생각하니?"

"엄마 일 때문이었겠죠. 뜬금없이 이혼한 아빠랑 살게 됐으니까. 그 아저씨는 벌써 재혼해서 지방에서 산다고 들었어요. 그렇다면 전학도 가야 하고……."

"내가 윤이 담임이어서 아는데 그건 사실이 아니야. 윤이 아버님은 물론 윤이에게 같이 살자고 했지만 강요하지는 않으셨어. 근처에 윤이 이모님이 사셔서 이모님의 도움을 받으면 혼자서도 충분히 살 수 있는 상황이었지. 아니면 이모님 집으로 들어갈 수도 있었고."

현진은 우진에게 온 편지를 일부러 거칠게 집어 들었다.

"너나 성규나 사진 때문이라고는 절대로 말 안 하는구나. 그날 밤 일이 이렇게 뻔히 쓰여 있는데도. 읽어줄 테니 들어봐. '내가 헤어지자고 했다고 그날 밤에 네가 그런 짓을 할 줄은 몰랐어. 그거 알아, 정우진? 사람은 꼭 한 가지 이유 때문에 죽는 게 아니야.' 이것뿐만이 아니야. 소영이가 받은 편지에도 그날 밤 일과 사진 얘기가 다 쓰여 있어."

"저는 아무 짓도 안 했어요, 선생님. 편지에 뭐라고 쓰여 있든 사실이 아니에요."

"거짓말은 안 하는 게 좋아. 증거가 있으니까."

"무슨 증거요?"

현진은 노트북 컴퓨터를 우진 쪽으로 돌렸다. USB에 담겨 있던 사진이 화면을 메우고 있었다.

"사진 속 배경을 잘 봐. 성규네 아파트가 맞니? 둘이 친했으니 몇 번은 가봤을 거 아냐."

"이걸 어떻게……."

"찾았냐고? 너희가 이 사진을 찍은 뒤 나경 고등학교 남학생들한테 돌렸으니까. 이래도 편지 내용이 사실이 아니라고 할래?"

우진은 결국 찌푸린 얼굴로 교복 재킷을 벗었다. 오른쪽 다리는 아까보다 심하게 떨렸다. 상담실 안은 꽤 서늘했는데도 우진의 이마는 땀으로 반짝였다. 굳이 우진의 이야기를 더 듣지 않아도 편지에 적힌 내용이 사실이라는 걸 알 수 있었다.

"더 하고 싶은 말은?"

"저는…… 아니에요. 그날 밤 같이 있기는 했지만…… 정말 아니에요."

"뭐가 아니라는 거지?"

"그러니까…… 일이 이렇게 될 줄은 몰랐어요. 진짜 몰랐다고요."

우진의 손이 우유 팩을 찌그러뜨렸다.

"믿어주실 거죠?"

　　　　　　　　　○

자연스럽게 현관문 비밀번호를 누르던 손가락이 멈췄다. 비밀번호까지 외울 만큼 자주 들락거렸던 곳이지만 오늘은 초인종을 누르고 들어가는 편이 나을 듯했다. 성규가 일그러진 얼굴로 우진을 맞았다. 우진은 소파에 주저앉았다. 몸을 뻗고 한숨 자고 싶은 마음뿐이었지만 물기가 흥건한 삼단 우산이 우진의 배를 때렸다.

"누가 앉으래? 지금 너한테 따질 게 한두 개가 아니거든? 제갈윤이 진짜 네 여친이었냐? 왜 나한테 말 안 했어?"

우진은 눈을 감은 채 중얼거렸다.

"편지 봤으면 알 거 아냐. 윤이가 비밀로 하자고 했어."

"내가 차인 거 뻔히 알았잖아! 그러면서 걔랑 사귀었다고? 네가 친구냐?"

"네가 윤이한테 고백했을 때는 벌써 우리가 사귀고 있을 때였어."

"우리? 우리 좋아하시네!"

성규는 콧바람을 내뿜으며 우진을 노려봤다. 제갈윤이 정우진과 사귀었다면 이유는 하나뿐이다. 저 멀끔한 얼굴 때문이었겠지. 성규는 간신히 화를 참으며 말했다.

"그리고 제갈윤한테 편지가 왔으면 나한테 말했어야지!"

"너는 말했냐?"

"내가 안 한 거랑 네가 안 한 건 다르지. 너는 말했어야지, 새끼야!"

우진이 눈을 떴다. 그리고 만만치 않은 눈빛으로 성규를 노려봤다.

"네가 지금 그런 말 할 자격 있어? 그날 밤에 찍은 사진. 나 몰래 다른 남자애들한테 돌렸잖아! 윤이가 소영이한테 쓴 편지에 사진 얘기가 다 쓰여 있어!"

"제대로 알고 말해, 인마. 돌리긴 누가 돌려! 그냥 친한 애 한두 명한테 보내줬는데 걔들이 또 다른 애들한테 퍼트린 거라고."

"어쨌든 시작은 너였잖아! 나현진 선생님이 그러는데 이건 완전 퇴학감이래. 학교에서 벌써 증거도 가지고 있잖아. 퇴학 당하는 것도 모자라서 윤이네 이모나 아빠가 알면 우리를 경찰에 고발할지도 모른다고!"

"이 답답한 자식아. 퍽도 그렇게 되겠다. 우리를 불러서 얘기한 건 그냥 형식적인 거야. 일을 크게 키울 리 없다고. 두고 봐. 학생들을 불러서 철저히 조사한 결과, 오픈채팅방 사건은 누군가의 장난으로 밝혀졌다고 발표할걸?"

성규는 자신의 생각을 굳게 믿고 있었다. 오랜만에 깊은 고민을 해서 내린 결론이었다. 새 학교가 자리를 잡으려면 적어도 3년이 걸린다고 했다. 나경 고등학교는 자리를 잡기는커녕 제갈윤이 학교 옥상에서 몸을 날린 덕분에 이미 한바탕 난리를 겪었다. 그리고 반년이 지난 지금, 죽은 애가 남긴 편지가 학교 공식 오픈채팅방에 올라왔다. 이런 일을 들쑤셔서 얻을 게 뭐란 말인가. 진실? 이제 와서 그깟 걸 누가 궁금해할까. 제갈윤은 죽었고, 진실을 절실히 알고 싶어 하는 가족도 없다. 그렇다면 남아 있는 사람들이 행복하게 사는 게 최고의 결말 아닌가.

성규가 말했다.

"일단 다른 애들이랑 다 같이 만나자고. 앞으로 어떻게 할지 똑같이 입을 맞추는 거야. 야, 정우진. 이제 우리 넷은 한 배를 탄 거야. 누구라도 배신 때리면 다 같이 가라앉는다고. 그게 제갈윤이랑 편지 올린 놈이 바라는 거야!"

자신의 열변에도 우진은 전혀 수긍한 것처럼 보이지 않았다. 얼빠진 얼굴로 그날 밤 다 함께 둘러앉았던 식탁을 바라보기만 했다. 그 모습을 보자 성규의 마음 한구석에서 불안이라는 낯선 감정이 스멀거리며 피어올랐다. 학교에서 제갈윤의 사진을 어떻게 구했을까. 사진을 받은 아이 중 한 명이 선생님에게 제보한 걸까. 아니다, 지난 일을 캐기보다는 앞일을 고민해야 한다. 혹시라도 여기에서 더 궁지에 몰린다면 방법은 하나다.

함께 탄 배에서 우진을 밀어버리는 수밖에.

"동호랑 소영이한테 연락할 테니까 넌 라면이나 끓여. 그 사이코 같은 방에서 멘탈 다 털렸다고. 후딱 먹고 연기 레슨 가야 돼."

"레슨 시간 지나지 않았어?"

"간신히 미뤘어, 자식아. 귀먹었냐? 라면 끓이라고 했잖아!"

우진은 힘없이 소파에서 일어섰다. 성규의 말을 거스를 수는 없다. 언제나 그랬다. 우진은 어깨를 떨어뜨리고 부엌으로 향했다.

"야, 정우진."

성규와 우진의 시선이 마주쳤다.

"데뷔하고 싶으면 다시는 대들지 마."

세 번째 편지

소영

    소영은 가슴 근처까지 내려오는 생머리를 배배 꼬았다. 나현진 선생님의 머리 위에 걸린 십자가 때문에 아까부터 마음이 불편했다. 하필이면 학생이 볼 수 있는 쪽에 십자가를 걸다니. 이건 너무 뻔한 의도 아닌가. 마음속에서 꿈틀대는 반항심에도 불구하고 그쪽을 똑바로 보기가 힘들었다. 소영은 학교 곳곳에 놓인 십자가와 성상들이 언제나 싫었다. 특히 다채로운 색깔을 입힌 성상들은 섬뜩하기까지 했다. 언젠가 제갈윤에게 그런 말을 한 적도 있다. 밤이 되면 놀이공원 유령의 집보다 나경 고등학교가 더 무서울 거라고. 걔가 뭐라고 대답했더라. 기억이 나지 않는다. 그런가, 하고 별말 안 했을 거다. 걔는 원래 티키타카가 안 되는 애였으니까.

"더 빨리 만나고 싶었는데, 소영아. 오늘이 목요일이니까 월요일부터 나흘이나 결석한 거잖아."

현진은 오늘따라 화장도 안 한 맨얼굴이다. 그래서인지 평소보다 지쳐 보인다. 목소리에는 벌써 피곤이 묻어난다. 소영은 일부러 대답하지 않았다. 편지에 대해 추궁하려고 핸드폰에 불이 나게 연락한 거면서. 사정을 모르는 사람이 들으면 꽤나 걱정해주는 말투다.

"학교에서 얘기하는 게 불편하면 너희 집으로 갈 수도 있었는데. 아니면 커피숍에서 볼 수도 있고. 네가 문자 메시지도 전화도 다 피해서 당황스러웠어. 어머님께 전화를 드려도 네가 얘기하기 싫어한다는 말씀만 하시고."

"그래도 이렇게 나왔잖아요. 얼마나 오기 싫었는지 아세요? 저희 집도 오픈채팅방 사건 때문에 장난 아니었단 말이에요."

소영은 현진을 똑바로 바라봤다.

"저 전학 가려고요, 샘. 엄마한테 전학시켜달라고 했어요."

"그래?"

"네. 내년이면 고3이긴 한데, 1년이나 여기 더 다닐 자신은 없어서요."

"부모님이 그렇게 해주신대?"

"엄마도 쪽팔리겠죠. 벌써 동네 아줌마들한테 소문 쫙 났을 텐데. 신도시 아줌마들 소식 하나는 장난 아니게 빠르잖아요.

마주치는 아줌마들마다 힐끔거리고 어떤 아줌마는 대놓고 물어본대요. 편지에 쓰여 있는 얘기가 진짜냐고. 아빠도 엄청 화났어요. 입주한 지 2년도 안 된 새 아파트인데 다른 사람한테 전세 주게 생겼다고."

현진은 초조함을 들키지 않으려고 애쓰며 소영에게 온 편지를 파일에서 꺼냈다. 아무 소득도 없이 벌써 사흘이 지나가버렸다. 성규와 우진을 만난 것이 월요일. 오늘은 벌써 목요일 저녁이다. 마음 같아서는 소영을 몰아붙이고 싶었지만 한편으로는 혼란스러웠다. 편지에 적힌 이야기의 진실 여부를 확인하라는 지시를 받기는 했지만, 소영을 추궁할 권리가 자신에게 있을까.

현진은 노트북 컴퓨터의 한글 파일을 열었다.

"너도 올해 8월에 윤이가 쓴 편지를 받았니?"

"네. 딱 개학 날이었어요. 아파트 우편함에 꽂혀 있는 걸 다행히 제가 발견했어요. 잠깐만요, 샘. 지금 뭐 하시는 거예요? 왜 제가 하는 말을 노트북에 쳐요?"

"나만 볼 거니까 걱정하지 마. 수첩에 메모하는 거랑 똑같은 거야. 성규랑 우진이 면담 때도 이렇게 했어."

"걔들은 걔들이고, 저는 저죠. 전 싫어요. 앞에서 그렇게 키보드를 두드리는데 어떻게 말을 편하게 해요?"

따끔하게 쏘아붙여주고 싶었지만 지금은 어떻게든 소영의

이야기를 끌어내야 한다. 현진은 짜증을 참으며 노트북 덮개를 소리 나게 닫았다.

"됐지? 계속 얘기해봐. 편지가 아파트 우편함에 들어 있었다고 했지?"

"네. 보라색 꽃무늬 봉투요. 겉봉에 '소영에게'라고 쓰여 있었고, 보낸 사람 이름은 없었어요. 집에 와서 편지를 열어보고서야 제갈윤이 썼다는 걸 알았죠. 진짜 섬뜩했죠. 기절하는 줄 알았어요. 근데 엔지 시네마 다른 애들한테도 편지가 왔을 줄은 정말 몰랐어요."

"부모님한테는 편지에 대해 말씀 안 드렸어?"

"네. 아빠는 처음부터 아무것도 몰랐고. 엄마는 이제야 좀 진정된 것 같았는데 괜히 편지 얘기를 꺼내서 들쑤시고 싶지 않았어요."

현진은 속마음과 달리 일부러 고개를 크게 끄덕였다.

"그래, 그런 편지를 받았으면 나라도 당황했을 거야. 하지만 성규는 윤이가 편지를 쓴 게 아니라 다른 애가 장난친 거라고 주장하던데."

"글쎄요. 장난도 정도가 있죠. 공부하기도 바빠 죽겠는데 제갈윤이 아니라면 누가 할 일 없이 그런 편지를 지어냈겠어요? 제갈윤이 죽기 전에 편지를 쓰고 다른 사람한테 맡겼겠죠. 자기가 죽은 뒤에 우리한테 하나씩 보내라고."

"내가 네 입장이었다면 불쾌하기도 했을 것 같아. 솔직히 죽은 친구한테서 그런 편지를 받는다는 거, 아무리 친했어도 놀랄 일이잖아."

"샘, 지금 뭔가 착각하고 계시는데요."

소영의 속눈썹이 천천히 오르내렸다.

"저랑 제갈윤이 친했다고요?"

　　　　　　　　　　◌

이 세상에 평등한 관계라는 것이 존재할까.

오랫동안 유지되는 관계에는 양보하는 쪽이 있기 마련이다. 자신의 뜻이 아니더라도 상대의 성격이나 지위에 밀려 어쩔 수 없이 그렇게 되기도 한다.

친구 사이도 그렇다. 그 사이에도 엄연한 서열이 존재한다. 소영은 모든 면에서 윤이 언제나 자신의 우위에 있다고 생각했다.

윤의 뺨에 간간이 박힌 주근깨조차 소영의 눈에는 특별해 보였다. 둘은 어렸을 때부터 같이 자라다시피 했고, 사람들의 시선은 언제나 소영을 빠르게 지나쳐 윤에게 머물렀다. 두 여자아이가 '친구'가 된 건 순전히 엄마들 때문이었다. 두 엄마들은 결혼 전 같은 출판사에서 일했다. 윤의 엄마는 편집자, 소영의 엄마는 디자이너였다. 소영의 엄마가 힘들게 완성한 표지를 편집장이 뒤엎을 때면 소영의 엄마는 화장실 변기에 앉아 눈물을 쏟았고, 그럴 때마다 문 아래로 티슈 뭉치를 넣어주고 편집장과 싸워주던 사람이 윤의 엄마였다.

두 사람은 결혼도 비슷한 무렵에 했고, 신혼집도 같은 아파트에 구했다. 소영의 엄마는 결혼하자마자 출판사를 그만뒀지만, 윤의 엄마는 홀로 출판사를 차렸다. 윤의 엄마가 점점 바빠지자 윤은 거의 소영의 집에서 지냈다. 그렇게 같은 어린이집과 유치원을 지나 같은 초등학교와 중학교를 다녔고, 윤의 엄마가 이혼한 뒤 K신도시로 이사하자 소영의 엄마도 남편을 졸라 따라왔다. 그렇게 두 아이는 나경 고등학교까지 함께 다니게 되었다.

윤이랑 싸우지 마. 윤이한테 잘해줘. 윤이는 어디 있니? 네가 챙겨줘야지.

공부하라는 잔소리보다 엄마에게 더 자주 들었던 말. 소영이 다른 여자애들과 어울리려고 하면 바로 '윤이는?'이라는 질문이 따라붙었다. 두 엄마들처럼 자신도 윤과 함께 있어야 한다는 의무감이 언제나 소영을 괴롭혔다. 하지만 윤과 함께 있는 시간은 조금도 즐겁지 않았다. 윤은 연예인 이야기에도 관심이 없었고, 먼저 말을 꺼내는 법도 없었다. 농담을 던져도 웃는 둥 마는 둥 했다.

윤이 죽은 뒤 소영은 이제 말로만 듣던 왕따가 될 거라고 생각했다. 하지만 아이들은 생각보다 친절했다. 단짝을 잃은 아이에게 먼저 말을 걸어주고, 함께 급식을 먹으러 가자고 했다. 소영은 자신도 놀랄 만큼 금세 다른 여자아이들 무리에 들어갔다. 그 애들은 윤과 달랐다. 별것 아닌 일에도 떠들썩하게 웃어댔고, 남자애들 얘기도 실컷 떠들었다.

그래, 이런 게 바로 친구지.

하지만 짜잔. 윤은 죽어서까지 소영을 괴롭히고 있다. 소영이 현진에게 쏘아붙였다.

"그러니까 샘, 저희는 안 친했어요. 그냥 만날 붙어 다녀서 그렇게 보였던 거예요."

현진의 심장 박동이 빨라졌다. 냉정을 유지하고 싶었지만 자신도 모르게 날카로운 목소리가 흘러나왔다.

"윤이가 너한테 보낸 편지에는 두 가지 이야기가 적혀 있어. 그동안 너한테 미안했던 마음과 그날 밤 일. 어쨌든 윤이도 자기가 썩 재미있는 친구가 아니라는 걸 알았더라고. 자기랑 같이 다녀야 해서 네가 많이 지루했을 거라고. 네가 없었으면 자기는 왕따가 됐을지도 모르겠다고. 늘 너한테 고마웠는데, 워낙 말주변이 없어서 표현도 못했……."

"죽은 뒤에 그런 말을 하면 뭐 해요? 내가 무슨 점쟁이도 아니고, 말을 안 하는데 저한테 고마웠는지 싫었는지 어떻게 알아요? 정우진 일도 그래요. 제갈윤이랑 정우진이랑 사귀었다면서요? 저도 오픈채팅방에 올라온 편지를 보고 알았어요. 아, 진짜 어이가 없어서. 저한테는 한 마디도 안 했다고요. 샘, 그게 친한 거예요?"

"그래서 너도 아무 말 안 했니?"

소영의 눈동자가 흔들렸다.

"야, 김소영. 윤이 어머님이 사고를 당하셨던 날, 경적을 누른 건 너잖아."

현진은 빠르게 말을 이었다.

"오픈채팅방에 올라온 편지들을 보고 머리를 한 대 얻어맞은 것 같았어. 다들 너무 당연하게, 윤이 어머님이 경적을 눌렀다고 생각했지. 사실 그럴 만도 해. 택시 바로 뒤에 윤이네 그랜저가 있었고, 문신을 한 남자는 그랜저의 후드를 때리기 시작했으니까. 그 남자도 아무 의심 없이 윤이 어머님이 경적을 눌렀다고 생각했을 거야. 하지만 진실은 그게 아니었지. 경적을 누른 사람은 뒤쪽 차에 있던 너였고, 너는 그 사실을 아무도 모른다고 생각했지만 윤이는 알고 있었어. 알면서도 말하지 않았지. 자기 엄마는 분위기 파악도 못하고 시끄럽게 경적을 누르고, 경찰에 신고하는 대신 밖으로 나간 바보가 됐는데도."

현진은 파일에서 동호에게 온 편지를 꺼냈다. 그리고 소영의 편지 옆에 나란히 놓았다.

"동호가 받은 편지에 그 이야기가 쓰여 있어. 알고 보니 동호가 그 사건의 목격자였더라. 마침 근처에 있었던 동호는 네가 경적을 누르는 모습을 봤지만, 윤이에게도 경찰에게도 한마디도 하지 않았어. 어때, 소영아? 모두 사실이니?"

소영의 뺨이 달아올랐다. 현진을 똑바로 쳐다보고 싶었지만 시선이 자꾸 아래로 떨어졌다. 소영은 억지로 고개를 들었다. 엄마는 아까 학교 앞에 소영을 내려주며 말했다.

당당하게 굴어. 죄인처럼 보이면 안 돼.

"동호가 거기 있었다는 건 저도 오픈채팅방에 올라온 편지를 보고서야 알았어요. 어쨌든 제가 그날 일에 대해서 샘한테 말해야 될 의무는 없죠. 샘이 경찰도 아니고, 그건 학교 밖에서 생긴 일이잖아요. 편지 내용이 맞든 아니든 샘이랑 무슨 상관이에요? 그리고 벌써 1년 전 일이라 기억도 잘 안 나요."

뺨이 다시 한번 뜨거워졌다. 지금 거울을 볼 수 있다면 얼마나 좋을까. 나현진 선생님한테도 붉게 물든 얼굴이 보일까. 소영은 바짝 마른 입술을 재빨리 핥았다. 자신이 생각하기에도 뻔뻔한 거짓말이었다.

그날 일은 바로 어제처럼 선명했으니까.

작년 11월 1일 오후 5시.

꽉 막힌 정문 앞 도로를 본 소영의 엄마는 윤의 엄마와 같은 선택을 했다. 아파트 후문으로 나가서 일차선 도로로 접어든 자동차는 처음에는 잘 달렸지만 속도가 조금씩 줄어들었다. 소영은 창문으로 고개를 빼고 앞쪽을 살폈다. 윤의 엄마가 모는 그랜저 승용차가 세 번째 앞에 있었다.

"엄마, 저기 제갈윤이랑 이모 차 있는데?"

"설마. 윤이는 학원 버스 타잖아."

"아니야, 이모 차가 맞아. 뒷유리에 붙은 노란색 리본 스티커도 똑같다고. 쟤 오늘은 학원 버스 안 타나 봐. 전화해볼까?"

엄마는 깔깔거리며 웃었다.

"됐어, 운전하는 데 방해되게. 너 내려주고 언니한테 반찬 좀 갖다줘야겠다."

"또? 아주 먹여 살리시네. 엄마는 이모가 그렇게 좋아?"

"너는 윤이네가 우리한테 신세 진다고 생각하지? 아니야. 언니가 예전부터 엄마를 얼마나 많이 도와줬는데. 나도 너처럼 외동으로 컸잖아. 살면서 아무 불만도 없었는데 언니를 만나고서야 이런 생각이 들더라. 아, 나한테 이런 친언니가 있었으면 얼마나 좋았을까. 얘, 김소영. 너 진정한 친구가 어떤 건지 알아?"

수없이 들었던 레퍼토리. 소영은 대답할 마음도 들지 않았다.

"친구가 잘돼도 질투하지 않는 거. 쉬운 일 같지? 근데 사람이 그렇게 하는 게 진짜 쉽지 않아."

소영은 흥, 콧방귀만 뀌었다. 그 말을 들으니 확실히 윤은 진정한 친구가 아니라는 생각이 들 뿐이었다.

"근데 차가 왜 꼼짝도 안 해? 너 이러다 학원 늦겠는데?"

소영은 창밖으로 다시 얼굴을 뺐다. 11월답지 않은 더운 날씨에 플리스 점퍼를 입은 등이 축축했다. 자세히 살펴보니 윤의 그랜저 앞에 택시가 멈춰 있었고, 검은 티셔츠를 입은 남자가 뒷자리에 상체를 들이밀고 있었다.

"택시가 서 있어. 안 가고 뭐 하는 거야? 아, 빨랑빨랑 좀 내리지. 학원에서 오늘 기말고사 대비해준댔는데."

가방을 뒤졌지만 핸드폰이 보이지 않았다. 마지막으로 식탁에 두었던 게 떠올랐다. 그날 밤, 소영은 어둠 속에서 천장을 노려보며 핸드폰을 두고 온 일을 하염없이 자책했다. 핸드폰만 있었다면 윤에게 카톡을 보냈을 것이다. 우리 차가 네 뒤, 뒤, 뒤에 있다고. 도대체 무슨 시추에이션인지 잽싸게 답해달라고. 그래서 윤이 소영에게 답장을 보냈더라면. 범상치 않은 문신을 한 남자가 술에 취한 일행을 꺼내기 위해 고군분투 중이라고 알려주었다면 소영은 잠자코 기다렸을 것이다.

"엄마, 이모한테 전화 좀 해봐. 나 핸드폰 두고 왔어."

"나도 없는데?"

"아, 만날 두고 다닐 거면 뭐 하러 새 핸드폰으로 바꿨어?"

긴 머리카락이 목덜미에 끈적하게 달라붙었다. 어느새 뒤쪽으로 자동차들이 도미노 조각처럼 늘어서 있었다. 다들 참을성도 좋아. 우리나라 사람들이 언제부터 이렇게 느긋했다고. 이런 상황에서도 평온하게 앉아 있을 윤을 떠올리자 설명할 수 없는 감정이 울컥 치밀었다.

그래서 소영은 운전석 쪽으로 몸을 틀었다.

그리고 경적을 길게 눌렀다.

○

경적을 한 번 더 누른 뒤에도 소영은 무슨 일이 일어났는지 눈치채지 못했다. 구급차가 반대편 차선에 서고, 앞차에서 내린 아주머니의 황망한 표정을 보고서야 심상치 않은 일이 생긴 걸 알았다. 소영의 엄마는 창문을 열고 아주머니에게 무슨 일이냐고 물었다. 아주머니는 택시에서 내린 남자와 그랜저에 탄 여자가 실랑이를 벌이다 여자가 넘어졌는데, 의식이 없는 것 같다고 했다. 아주머니의 시선에는 소영의 엄마를 향한 책망이 담겨 있었다.

"자기한테 빵빵거렸다고 남자가 엄청 성질을 부리던데."

경찰이 그랜저 뒤에 늘어선 차들을 한 대씩 후진시켰다. 소영도 엄마도 차에서 내리지 않았다. 창문을 닫고, 비상등을 켜고, 경찰의 지시대로 조심스럽게 차를 뺐다. 둘은 아파트 주차장에 도착할 때까지 한 마디도 하지 않았다.

머릿속이 혼란스럽게 소용돌이쳤다. 날뛰는 심장 소리만이 소영이 살아 있음을, 방금 벌어진 일이 현실임을 알려주었다. 엄마에게 하고 싶은 질문들이 입 속에서 머물렀다. 의식이 없다는 게 무슨 뜻이야? 설마 죽었다는 건 아니지? 사람이 그렇게 쉽게 죽을 리 없잖아. 내 말이 맞지, 엄마. 그렇지?

핸들을 잡은 엄마의 손은 주차장까지 온 게 다행일 만큼 쉴 새 없이 떨리고 있었다. 마침내 엄마가 입을 열었다.

"우리 앞차에 탔던 아줌마 말이야. 아까 그 아줌마도 차 뺐지? 경찰이랑 얘기 안 하고 집에 간 거지?"

소영은 무슨 말인지 이해할 수 없었다.

"김소영, 잘 들어. 우리가 거기 있었다는 거 아무한테도 말하면 안 돼."

"정말 나 때문에 그런 거야? 내가 경적을 눌러서? 경찰이 알면 어떡해. 나 감옥 가는 거야?"

"아니야! 설마 누가 경적을 눌렀는지 경찰이 그런 걸 조사하고 다니겠니? 그래도 욕먹기 싫으면 입 다물고 있어!"

식탁에 놓인 소영의 핸드폰에는 부재중 전화 다섯 통이 와

있었다. 모두 윤이 건 전화였다. 엄마의 핸드폰에도 윤의 부재
중 전화가 찍혀 있었다.

"너는 오늘 몸이 안 좋아서 영어 학원 안 가고 집에서 쉰 거
야. 알았어? 엄마도 핸드폰 두고 외출했었다고 할게. 윤이한
테 전화해봐야겠다. 아마 병원으로 오라고 하겠지."

"아빠한테 얘기해야 되는 거 아냐?"

엄마는 멍하니 소영을 쳐다봤다. 이혼하고 지방으로 내려
간 윤의 아빠를 말하는 건지, 자신의 남편을 말하는 건지 모르
겠다는 얼굴로.

엄마는 한 시간 뒤에 소영에게 전화를 걸어 윤의 엄마가 죽
었다고 말했다. 그 끔찍한 소식 뒤에는 무릎에 힘이 풀릴 만큼
기쁜 소식이 기다리고 있었다. 경적이 울릴 당시, 헤드폰으로
음악을 듣고 있었던 윤은 당연히 자신의 엄마가 경적을 눌렀
다고 믿고 있었다. 소영의 엄마는 용기를 내어 윤을 다시 한번
떠보았고, 윤은 넋이 나간 얼굴로 이렇게 중얼거렸다.

그럼 누가 눌렀겠어요?

엄마는 전화로 소영에게 말했다. 우리만 입을 다물고 있으
면 무사히 지나갈 거라고. 진실을 아는 사람은 소영과 소영의
엄마뿐이었다. 그때는 그렇게 믿었다. 소영이 경적을 누르지

않았다면 윤의 엄마는 죽지 않았으리라는 진실.

엄마가 장례 준비를 돕느라 바쁜 사이, 소영은 인터넷을 뒤졌다. '과실치사'라는 죄목이 있다는 걸 발견했을 때는 심장이 녹아내리는 것 같았다. 그럴 의도가 없었다 해도 사람을 죽게 하거나 다치게 한 범죄. 할머니를 돕기 위해 빵집 문을 열어주었다가 할머니가 넘어져 사망하자 과실치사 혐의로 고소당한 남자도 있었다. 그 뒤로 몇 주 동안, 슬픔보다는 두려움이 두 사람을 괴롭혔다. 소영과 소영의 엄마는 전화벨이 울릴 때마다 몸을 떨었지만 걱정했던 일은 벌어지지 않았다. 밤마다 소영의 귓가에 울리던 생생한 경적 소리는 조금씩 잦아들었다. 윤에게 미안한 마음이 없었던 건 아니다. 자신의 손으로 한 사람, 아니 두 사람의 삶을 산산이 부쉈다는 사실을 여전히 믿을 수가 없었다. 하지만 윤에게 진실을 고백해야 한다는 생각은 들지 않았다. 그게 옳은 일임을 몰라서가 아니었다.

세상에는 알면서도 할 수 없는 일들이 있다.

"끝까지 말 안 할 거니? 그날의 진실이 뭔지."

소영은 동호의 편지에 시선을 고정한 채 꼼짝도 하지 않았다.

"네가 그렇게 입 다물고 있겠다면 나도 나름대로 행동을 취할 수밖에 없어. 그 도로에도 시시티브이가 있을 거야. 네가 경적을 누르는 모습까지는 찍히지 않았겠지만, 네가 탄 차가 있었다는 건 밝힐 수 있겠지."

소영이 고개를 번쩍 들었다.

"절 경찰에 신고하시게요?"

"널 이 자리에 부른 건 법적인 처벌을 내리기 위해서가 아니야. 솔직히 말해서 네가 진짜 경적을 눌렀다 해도 학교에서는 아무 일도 할 수 없어. 난 그저 너희의 선생님으로서 진실을 알고 싶을 뿐이야. 경찰에 신고 안 해. 그리고 여기에서 오간 이야기는 나만 알고 있을 거야."

몇 분 동안의 침묵이 흐른 뒤, 소영은 결심한 듯 입을 열었다.

"맞아요, 제가 그랬어요. 근데요, 샘. 저는 솔직히 너무 화가 나요. 죽기 전에 이런 편지를 남긴 걸 보면 결국 제갈윤도 다 알고 있었던 거잖아요. 그러면서 어떻게 시치미를 딱 뗄 수 있죠? 저랑 엄마가 어떻게 행동할지 관찰한 거잖아요. 학교에서 자살한 것도 일부러 저한테 죄책감을 느끼게 하려고 그런 거 아니에요? 너도 한번 당해봐라, 이런 거 아니냐고요. 샘도 아시잖아요. 제갈윤이 자살하고 제가 제일 친한 친구라는 이유로 경찰 조사까지 받았잖아요. 얼마나 무서웠는지 아세요? 혹시라도 그때 일을 들킬까 봐 잠도 제대로 못 잤다고요."

"그래서 윤이한테 미안한 마음은 전혀 없니?"

"아니에요! 그런 짓을 해놓고 멀쩡하다면 그게 사람이에요? 저도 당연히 미안했죠. 하지만 일부러 그런 게 아니잖아요. 정말 사고였다고요. 그런 상황에서 어떻게 경적을 안 눌러요? 제가 아니었어도 결국 다른 운전자가 눌렀을 거예요. 진짜 잘못한 사람은 이모를 밀었던 그 남자죠. 그리고 이모도 그렇게 밖으로 뛰쳐나가면 안 되는 거였어요. 경찰에 신고하고 차 안에서 기다렸어야죠. 솔직히 그 정도는 상식 아니에요?"

"윤이에게 진실을 고백할 생각은 해본 적 없어?"

"말은 쉽죠. 샘이라면 쉽게 고백할 수 있었겠어요? 변명처럼 들릴지도 모르지만, 차라리 자기 엄마가 경적을 눌렀다고 믿는 편이 나을 거라는 생각도 들었어요. 그리고 괜히 고백했다가 이 일이 다른 사람들한테까지 알려질까 두려웠어요. 이모를 죽인 건 그 남자인데 사람들은 다짜고짜 저랑 엄마부터 욕하겠죠. 경적을 누른 거 김소영이래, 절친 엄마를 죽여 놓고 튀었대. 모르는 남자보다 우리를 욕하는 게 재밌을 테니까. 아는 사람이 더 무섭다는 말도 있잖아요."

"사람 사이에 벌어지는 문제들은 대부분 솔직하지 못한 데서 시작되지. 하지만 내가 그런 상황에 처했다면 나도 쉽게 고백하지 못했을 거야. 어쨌든 윤이는 이미 진실을 알고 있었어. 너뿐만 아니라 너희 어머님에게도 배신감을 느꼈겠지. 그때까지 친엄마나 마찬가지로 생각했을 텐데."

"이제 저희 엄마까지 끌어들이시는 거예요? 엄마도 당연히 괴로웠겠죠! 솔직히 저는 이번 사건으로 미안했던 마음도 싹 사라졌어요. 오픈채팅방에 올라온 편지들 때문에 애들이 절 얼마나 욕하는지 아세요?"

소영은 황급히 자신의 핸드폰을 꺼냈다.

"이것 좀 보세요. 제 인스타에 달린 댓글이에요. 뻔뻔한 살인자. 너 때문에 멀쩡한 애가 자살했네. 제갈윤이 아니라 네가 죽었어야지."

현진은 핸드폰 화면을 흘깃 들여다봤다.

"인스타그램은 잠시 쉬는 게 좋겠다."

"비공개 계정으로 돌렸어요. 이건 혹시 몰라서 캡처한 거예요. 엄마가 나중에 필요할지도 모른다고 해서."

"악플 단 애들을 고소라도 하게?"

소영은 어깨를 으쓱했다.

"어쨌든 전 이제 이 학교 못 다녀요. 내년이면 고3인데 전학이라니. 전 완전 망했다고요."

현진은 편지들을 내려다보며 생각에 잠겼다. 소영은 결국 자신이 경적을 눌렀음을 인정했다. 편지에 적힌 내용은 모두 사실이다. 그렇다면 윤은 그 사실을 어떻게 알았을까? 소영이 탄 차가 바로 뒤에 있었던 것도 아닌데. 아파트 후문을 빠져나올 때 소영의 차가 뒤따라오는 모습을 봤다고 가정해도, 사고가 났던 일차선 도로에서 소영의 차는 훨씬 뒤쪽에 있었다. 소영이 경적을 누르는 모습이 윤에게 보였을 리가 없다. 혹시 소영의 어머니가 결국 윤에게 진실을 고백했던 것은 아닐까.

"어머님은 그 뒤로 어떻게 하셨니? 진실을 털어놓을 생각은 정말 안 하셨던 거야?"

"장례식이 끝나고 보름 정도 지났을 때였나. 웬일로 아빠가 그러더라고요. 윤이가 많이 외로울 텐데 대학 갈 때까지 우리 집에 있게 하면 어떠냐고. 어차피 남는 방도 있으니까. 전 엄마가 그러자고 하면 어쩌나 엄청 쫄았거든요? 근데 엄마가 딱 잘라 싫다고 했어요. 이유는 묻지 않았지만 엄마도 제갈윤 얼굴을 똑바로 보기가 힘들었을 거예요. 엄마는 저한테 그 일에 대해서 아무한테도 말하면 안 된다고, 소문이라도 나면 큰일이라고 신신당부했어요. 그러니까 제갈윤한테 진실을 고백했을 리는 없죠. 아, 그래도 봄이는 저희가 데려왔어요."

현진이 얼굴을 찡그렸다.

"봄이? 윤이가 키우던 강아지 말이니?"

"네. 제갈윤이 죽고 이모님 댁으로 갔는데, 이모님 남편이 무슨 알레르기가 있다나. 도저히 못 키우겠다고 해서 엄마가 데려왔어요. 근데 이상하죠. 평소에도 엄청 많이 봤던 사이인데 우리 집으로 오더니 그렇게 짖는 거예요. 옆집에서 인터폰이 얼마나 많이 왔는지 몰라요."

"소영아, 지금 강아지 얘기를 하자는 게 아니잖아."

"샘이 엄마가 어떻게 했는지 물어봤잖아요. 아, 그리고 엄마

가 그랬어요. 혹시라도 그 사건이 들통나면 경적을 누른 사람
은 자기로 하자고."

"그래서?"

"뭐가 그래서예요, 샘. 알았다고 했죠. 엄마는 오늘도 경적
사건에 대해서 절대 사실대로 말하지 말랬어요. 샘이 비밀로
해준대서 저도 그냥 털어놓은 거예요. 솔직히 너무 답답해서
다 얘기해버리고 싶기도 했고."

현진의 입에서 한숨이 새어 나왔다.

"아까 넌 당연히 윤이가 쓴 편지라고 생각한댔지? 그럼 누
가 그 편지를 너희 아파트 우편함에 넣었을까? 윤이가 그런 부
탁을 할 만한 애가 있었니?"

"애들 중에서는 모르겠어요."

"무슨 뜻이야?"

"제갈윤은 샘이랑도 친했잖아요."

"뭐?"

현진은 자기도 모르게 웃음을 터뜨렸다.

"윤이가 죽기 전에 그런 부탁을 했다면 내가 가만히 있었겠
니? 당연히 윤이를 말렸겠지."

"아니죠. 걔가 자살하기 전에 샘한테 편지들을 우편으로 보
냈겠죠. 자기가 죽은 뒤에 우리들한테 하나씩 전해주라고. 샘
은 제갈윤이랑 친하기도 했고, 죽은 애의 부탁이니까 거절할

수도 없었겠죠."

"소영아. 정말 그렇게 생각하니?"

소영은 현진의 당황한 얼굴을 피해 유리벽 쪽으로 시선을 돌렸다. 복도에는 청소하는 아주머니만 보였다. 소영은 오늘도 수업에 결석했다. 일부러 아이들이 모두 하교한 시간에 현진과 약속을 잡았다. 다음 달이면 기말고사다. 하루아침에 전학을 갈 수는 없으니 기말고사까지는 이 학교에서 치러야 한다.

"모르겠어요. 제갈윤 생각을 누가 알겠어요? 걘 원래 그런 애였어요. 도무지 무슨 생각을 하는지 알 수 없는 애. 샘, 저 피곤해요. 솔직히 말했으니까 이제 가면 안 돼요?"

"몇 가지만 더 묻자. 편지를 받고 다른 부원들한테는 왜 말 안 했니?"

"그날 밤 일에 대해 적힌 거 못 보셨어요? 이게 진짜냐고 괜히 박성규랑 정우진을 추궁했다가 저한테까지 이상한 짓을 하면 어떡해요? 그리고 솔직히 제갈윤이랑 관련된 일은 다 지긋지긋했어요. 제발 좀 벗어나고 싶었다고요."

"성규랑 우진이가 윤이한테 그런 짓을 한 걸 알고 있었니?"

소영은 몸서리가 쳐진다는 듯 어깨를 떨었다.

"맹세하는데 그건 진짜 몰랐어요. 제가 제일 먼저 잠들었거든요. 제갈윤이 그날 밤 일에 대해서 저한테 말한 적도 없고요. 정우진이랑 박성규는 어떻게 되는 거예요? 등교 중지 같은 거 당하나요?"

"그 일이 사실이라면 학교에서도 강력한 처벌이 있을 거야."

"김동호는 뭐래요? 만나보셨어요?"

"일단 너랑 먼저 얘기하는 게 순서 같아서. 동호와도 빨리 약속을 잡아야지."

소영은 드디어 끝났다 싶었는지 굽어 있던 어깨를 폈다.

"이제 됐죠? 저 진짜 집에 가고 싶은데."

"마지막 질문이야. 너는 윤이가 왜 죽었다고 생각하니?"

"아, 진짜. 샘, 그건 경찰한테도 몇 번이나 말했던 거잖아요. 엄마가 갑자기 돌아가셔서 외로운 것 같았다고. 뭐, 그때는 저도 몰랐죠. 제갈윤이 속속들이 다 알고 있을 줄은. 그래요, 오픈채팅방에 쓰여 있던 글대로 우리들 때문에 죽었는지도 모르겠어요. 이렇게 말하니까 속이 시원하세요? 샘은 저만 나쁜 애라고 생각하겠죠. 나도 지금까지 걔랑 억지로 다니느라 힘들었는데. 엄마가 저한테 만날 제갈윤이랑 친하게 지내라고 한 거. 그게 요즘 방송에 자주 나오는 가스라이팅, 그런 거 아니에요? 샘, 저도 지금까지 괴로웠다는 것만 알아주세요."

소영은 자꾸만 십자가로 향하는 시선을 간신히 현진의 얼굴에 고정했다.

"제 얘기는 진짜 비밀로 해주실 거죠? 혹시 다른 애들이 편지에 대해 물어보면 다 가짜라고 해주시면 안 돼요? 네?"

네 번째 편지

동호

　동호는 오늘도 새벽 5시에 눈을 떴다. 원래 아침잠이 많은 편이 아니었지만, 오픈채팅방 사건 뒤로는 이 시간이면 어김없이 잠에서 깼다. 학교에나 일찍 가야겠다 싶어서 버스 정류장에 섰지만 다가오는 마을버스를 보자 한숨이 나왔다. 나경고등학교로 향하는 마을버스는 아침마다 같은 모습이다. 학교 다음 정류장이 지하철역이라 마을버스는 학생과 직장인들로 미어터졌다. 저 버스를 타면 학교에 가기도 전에 파김치가 될 것 같다. 걸어도 20분이면 도착할 테니 등교 시간까지는 충분히 교실에 들어갈 수 있다. 동호는 정류장을 뒤로하고 무거운 발걸음을 옮겼다.

　10분 정도 걷자 윤과 함께 학교에서 돌아오던 거리가 보였다. 도롯가에는 벚꽃나무들이 일정한 간격으로 서 있고, 맞은편에는 다양한 가게들이 늘어섰다. 신도시 거리답게 가게들은 SNS에 올리기 딱 좋을 만큼 세련되고 깔끔했다. 하교 시간이면 반려견을 데리고 산책하는 주민들, 아이를 유치원에서 하원시키는 젊은 엄마들로 북적이는 거리였다.

윤의 죽음으로 엔지 시네마가 해체되기 전까지, 일주일에 한 번 있는 동아리 시간이 끝나면 엔지 시네마 부원들은 뿔뿔이 흩어졌다. 우진과 성규는 집으로, 소영은 학원으로 향했다. 그리고 동호와 윤은 이 거리를 걷다가 사거리에서 헤어졌다. 두 아이는 그 사거리를 '우체통 사거리'라고 불렀다. 횡단보도 앞에 요즘은 찾아보기 힘든 빨간 우체통이 있었기 때문이다. 우체통은 신도시 거리에 어울리지 않게 군데군데 칠이 벗겨져 있었고, 흰색 페인트로 쓰인 '우편'이라는 글씨도 대부분 지워져 있었다. 동호는 그 우체통을 볼 때마다 타임머신을 타고 과거에서 날아온 물건 같다는 생각을 했다. 하지만 윤은 K신도시에 우체국이 아직 하나밖에 없기 때문에 설치한 것이라는 이성적인 답변을 내놓았다. 우체통이 그렇게 낡은 이유는 분명히 어딘가에서 철거된 것을 가져왔기 때문이라고 했다.

그 우체통 앞에 서자 가슴이 어김없이 시큰거렸다. 그 애가 죽은 지 어느새 반년이 넘었지만, 이 거리를 걸으면 함께 맡던 고소한 와플 냄새가 저절로 코끝에 밀려드는 듯했다. 윤의 죽음은 안타까웠지만 엔지 시네마의 해체는 그렇지 않았다. 기대도 안 했던 동아리 활동은 예상보다 훨씬 형편없었다. 특히 시답잖은 농담만 늘어놓는 성규가 가장 견디기 힘들었다. 시무룩해 보이는 우진과는 잘 통할 것 같았지만 우진은 자신을 향해 언제나 단단한 벽을 세우고 있었다.

동아리에 가입한 지 한 달도 지나지 않아 동호는 네 사람 사이에 흐르는 미묘한 공기를 느꼈다. 늘 붙어 다니는 윤과 소영은 언뜻 보면 단짝 같았지만, 단짝은 그런 사이에 어울리는 단어가 아니었다. 윤을 바라보는 소영의 눈빛은 가끔 섬뜩할 정도로 차가웠다. 우진과 성규도 별반 다르지 않았다. 성규는 아무렇지도 않게 우진을 하인처럼 부렸다. 우진은 군말 없이 성규의 지시를 따랐지만, 동호는 우진의 마음 깊은 곳에 숨겨진 칼날이 보이는 듯했다.

그 불편한 모임이 끝나고 이 거리를 걸을 때가 되어서야 비로소 숨통이 트였다. 하지만 윤은 도무지 말이 없는 아이라 대화가 끊기는 일이 다반사였다. 그럴 때마다 윤이가 키우는 강아지 봄이가 동호를 도와주었다. 동호는 나경 고등학교에 입학하기 전, 15년 동안 키웠던 요크셔테리어 구름이를 떠나보냈다. 구름이를 생각하면 아직도 마음이 허전했지만 덕분에 개에 대해서는 잘 안다고 자부할 수 있었다. 동호가 구름이 이야기를 늘어놓거나 봄이 안부를 물을 때면 윤의 입꼬리는 저

절로 올라갔고 말수도 많아졌다.

"우리 구름이는 사료를 절대 안 먹었어. 우리가 처음부터 버릇을 잘못 들였지. 아무리 식탁 밑에서 불쌍하게 쳐다봐도 무시했어야 되는데 다들 그걸 못 한 거야."

"식구들이 마음이 약한가 봐."

"약하긴! 우리 엄마 아빠가 얼마나 무뚝뚝한데. 뭐, 구름이한테는 한없이 약했지만. 구름이가 죽고 가족들 다 같이 반려동물 화장터로 갔거든. 난 태어나서 우리 엄마 아빠가 그렇게 우는 거 처음 봤다니까."

윤은 그 마음을 이해할 수 있다는 듯 고개를 끄덕였다.

"우리가 먹는 음식은 봄이한테 절대 안 줘. 근데 아직도 포기가 안 되나 봐. 치킨이라도 시키면 무릎으로 뛰어오르고 난리라니까."

"구름이도 치킨 좋아했어! 한번은 우리가 안 보는 사이에 닭 날개를 물고 자기 집으로 도망친 거야. 정신없이 먹다가 나한테 딱 걸렸지. 내가 손바닥으로 바닥을 탁탁 치면서 혼내니까 뺏길까 봐 그걸 통째로 삼켜버렸어."

"그래서?"

"말도 마. 며칠 동안 아무것도 안 먹고 자기 집에 들어앉아서 낑낑거리더라고. 동물병원에 데려가서 정맥 주사 맞히고 간신히 살아났어. 그때 내가 검은깨가 잔뜩 박힌 엿을 먹다가 엄마랑 같이 병원에 갔거든. 근데 의사가 구름이 상태 설명하면서 유난히 내 입 쪽을 흘끔거리는 거야. 집에 와서 거울을 보니까 글쎄, 내 이빨 사이마다 검은깨가 다닥다닥 껴 있던 거 있지. 구름이 죽는 거 아니냐고 의사한테 질문도 엄청 많이 했는데."

윤은 얼굴을 찡그리면서도 웃음을 터뜨렸다. 그런 모습을 보는 일은 정말 드물었기에 동호는 어깨가 저절로 치솟는 것 같았다.

"다시 강아지 키우고 싶은 생각은 없어?"

"부모님은 집이 허전한지 키우고 싶어 하시는데 내가 절대로 안 된다고 했어. 한 번 그렇게 떠나보내니까 이제 자신이 없더라고. 윤이 너도 알잖아. 다른 사람한테는 그냥 동물이지만 키우는 사람한테는 가족이라는 거."

동호는 윤의 옆얼굴을 흘끔거렸다.

"근데 있잖아. 아까 나현진 선생님이 우리더러 그랬잖아. 너희는 친남매라고 해도 믿겠다고. 그 말 무슨 뜻일까?"

"글쎄. 별로 좋은 뜻으로 하신 말은 아닌 것 같아. 둘 다 말도 없고, 무슨 생각을 하는지도 모르겠다는 뜻 아냐?"

그런 대답을 기대한 건 아니었기에 동호는 당황했지만 윤은 따뜻한 눈빛으로 말했다.

"괜찮아. 난 어렸을 때부터 그런 말 많이 들어서. 넌 도대체 무슨 생각을 하는지 얼굴만 봐서는 도저히 모르겠다 같은 말. 근데 있지. 난 사실 별생각 안 해. 오늘은 수학 과외 있는 날이구나, 숙제 다 하면 또 몇 시간 못 자겠네. 학원에서 외우라고 한 영어 단어 아직 반도 못 외웠네. 아, 고3 되면 지금보다 더 지옥 같겠지. 그냥 이런 생각뿐이거든. 우리나라 고등학생들, 다 비슷한 생각 하며 사는 거 아냐?"

2학년 반 배정이 나왔을 때, 동호는 윤과 다른 반이 되었다. 성규와 윤과 소영이 같은 반, 동호는 우진과 같은 반이었다. 섭섭하기도 했지만 지금 생각하면 오히려 잘된 일이었다. 2학년 때도 같은 반이 되었다면 아침마다 그 애의 빈 책상을 봐야 했을 테니까.

우진은 오픈채팅방 사건 뒤로 예전보다 우울해 보였다. 우진에게 늘 살가웠던 여자아이들은 그 사건 뒤로 우진을 대놓고 피했다. 같은 반이면서 말 한 번 섞지 않았던 아이들은 우진이 자리를 비운 사이 동호에게 와서 물었다.

편지에 적힌 일들이 모두 사실이냐고.

아이들의 호기심 어린 표정은 훨씬 많은 질문을 담고 있었다. 경적을 누른 사람이 진짜 김소영이야? 절친 엄마를 죽여놓고 지금까지 모른 척한 거야? 그리고 너는? 왜 다 봤으면서도 가만히 있었어? 아, 박성규랑 정우진이 그날 밤에 저지른 일은 어떻게 된 거야? 너도 그 사진 봤어?

동호는 그런 질문을 받을 때마다 난감한 얼굴로 모른다는 말만 되풀이했다. 아이들은 정작 중요한 사실은 잊은 채 편지에 적힌 일들만 궁금해했다. 단조로운 학교생활 속에서 신선한 재미를 찾은 듯 아이들의 눈빛은 그 어느 때보다 반짝였다.

동호는 이렇게 외치고 싶었다.

윤이가 죽었어, 애들아. 그게 제일 중요한 거야.

우체통을 지나 다시 학교 쪽으로 걸음을 옮긴 순간, 주머니에서 진동이 느껴졌다. 동호는 차가운 손으로 핸드폰을 꺼냈다.

동호야, 오늘 수업 끝나고 상담실에서 볼까?

◌

"분리수거장? 왜 냄새나게 이런 데로 불러? 방금 점심 먹었는데 토할 거 같잖아."

소영은 보란 듯이 동호 옆에 바짝 붙었다. 성규가 말했다.

"그럼 우리가 지금 운동장 한복판에서 만날 처지냐? 그리고 넌 무슨 연예인이냐? 카톡도 안 보고 전화는 왜 이렇게 안 받아! 너 어제 나현진 선생님 만났지. 무슨 얘기 했어?"

"내가 그걸 왜 말해야 하는데?"

성규는 오른손을 오므린 채 입에서 무언가를 빼내는 손짓을 했다. 소영이 얼굴을 찌푸렸다.

"미쳤니? 지금 뭐 하는 거야?"

"티비에서 봤는데 이렇게 하면 화가 몸에서 빠져나간대. 야, 김소영. 네가 상담실에서 한 얘기를 왜 우리한테 말해야 되느냐고 했지? 우리는 운명공동체이기 때문이야. 엔지 시네마 때부터 우리는 한 몸이 될 운명이었어. 우리가 입을 잘 맞춰야 이 일에서 무사히 빠져나갈 수 있다고!"

"도대체 뭐라는 거야. 난 벌써 사실대로 얘기했어. 내가 경적 누른 거 맞다고. 샘이 비밀로 해준대서 그냥 말해버렸어. 난 어차피 이번 학기 끝나자마자 전학 갈 거니까."

우진이 소영 앞으로 다가왔다.

"내가 보낸 카톡 못 봤어? 무조건 발뺌하라고 했잖아. 그 편지에 적힌 말들은 모조리 사실이 아니라고. 네가 그렇게 순순히 인정해버리면 나랑 성규는 어떻게 하라고!"

"야, 정우진. 내가 왜 너희를 도와줘야 하는데? 너희 성범죄자 아냐?"

성규가 우진을 어깨로 밀치고 소영 앞에 섰다.

"워워, 그냥 사진 몇 장 찍은 게 다거든? 나랑 정우진이 성범죄자면 그쪽은 살인범이죠, 네?"

"네가 무슨 자격으로 날 비난해? 윤이 엄마가 죽은 건 경적 때문이 아니라 그 남자가 밀어서라고! 윤이한테 말도 못 하고 내가 얼마나 괴로웠을지 생각해봤니? 난 명백한 실수였지만 너희는 아니잖아. 다 계획하고 사진 찍은 거잖아. 아니지. 사진보다 더한 일이 있었는지 누가 알아? 운명공동체 좋아하시네. 너희 같은 변태들이랑 친하게 지냈다니 완전 소름 돋아. 내가 인정한 게 억울하면 너희도 전학 가든가!"

"너도 찔리니까 제갈윤한테 말 못 했을 거 아냐. 일부러든 아니든 네가 누른 경적 때문에 그 남자가 빡친 거잖아! 그러고도 뻔뻔하게 제갈윤이랑 같이 다니다니. 너, 뭐 사이코패스 그런 거냐? 그러면서 우리한테 변태라고? 야, 그리고 나랑 정우진도 처음부터 계획했던 거 아니거든? 그냥 그날 밤에 술을 많이 마셔서……. 아 진짜, 그냥 어쩌다 그렇게 된 거야!"

성규와 소영은 서로를 잡아먹을 듯이 노려봤다. 동호가 말했다.

"이렇게 다 같이 흥분하면 아무것도 해결 못 해. 지금 이런 말 해봤자 소용없지만, 8월에 처음으로 윤이한테 편지를 받았을 때 다 같이 상의하고 대책을 세웠어야지. 그걸 보낸 사람은 편지 내용이 밖으로 샐까 봐 우리가 불안해하고 뭔가 하기를 바랐을 거야. 하지만 아무것도 달라지는 게 없으니까 또 한 번 오픈채팅방에 편지를 올렸겠지."

우진이 말했다.

"그러는 넌 왜 편지를 받고도 입 다물고 있었는데? 너한테 온 편지도 황당 그 자체던데. 너도 그 사고 현장에 있었다며? 소영이가 경적 누르는 거 도서관 건물 앞에서 다 봤다며! 넌 왜 아무 말도 안 했는데?"

"너희한테도 편지가 왔을 줄은 몰랐으니까. 그리고……."

동호의 시선이 소영을 거쳐 다시 우진에게 돌아왔다.

"네가 내 입장이 돼봐. 편지에 그런 내용이 있는데 어떻게 얘기하고 다녀? 그래서 너도 우리한테 안 보여준 거잖아. 너 랑 윤이랑 사귄 거 아무도 몰랐으니까. 아, 성규도 몰랐다며?"

우진은 잔뜩 쌓인 쓰레기 봉지 위로 동호를 던져버리고 싶었다. 우진은 동호가 늘 불편했다. 상대를 빤히 쳐다보는 시선 과 유난히 반짝거리는 눈동자가 특히 싫었다. 다 함께 있을 때 는 그럭저럭 지내지만, 둘만 남으면 서둘러 이야깃거리를 떠 올려야 하는 사이. 그것도 어색함을 없애려고 노력하는 사람 은 언제나 우진이었다. 동호는 오히려 여자애들과 잘 지냈다. 둘 다 드라마 작가가 꿈이라 소영과 특히 잘 어울렸고, 윤은 늘 그랬듯 동호에게도 무심하게 굴었지만 동아리 활동이 끝나 면 둘은 언제나 교문을 함께 나섰다.

우진이 동호의 가무잡잡한 얼굴을 훑었다.

"혹시 너냐? 우리한테 편지 배달하고 오픈채팅방에 편지 올린 거?"

"진심이야? 내가 그랬다면 윤이가 나한테 쓴 편지는 안 올렸겠지. 내가 바보야? 그리고 여기서 제일 억울한 건 나야. 너희들이 생각 없이 한 짓 때문에 내 이미지도 같이 더러워졌다고. 너희랑 같은 동아리였다는 이유만으로! 나는 소영이가 경적 누른 거 입 다물어준 죄밖에 없어!"

성규가 말했다.

"오 마이 갓, 다들 무슨 집단 최면이라도 걸렸냐? 내가 처음부터 누누이 말했지만 그 편지는 제갈윤이 쓴 게 아니라니까! 아니, 무슨 증거라도 있어?"

소영이 말했다.

"제갈윤이 썼든 안 썼든 난 나현진 샘이 수상해. 너희들 기억 안 나? 동아리 활동 때도 샘은 걔를 제일 예뻐했잖아. 제갈윤 장례식 때 엄청 슬프게 울던 거 봤지? 제갈윤이 우리 때문에 자살했다고 복수하는 거야. 내가 상담실에서 대놓고 물어봤거든? 혹시 샘이 우리한테 편지 돌리고 오픈채팅방에도 업로드했냐고. 그랬더니 엄청 당황하더라고."

"예뻐하긴 뭘 예뻐해. 네가 제갈윤을 질투하니까 그렇게 보인 거겠지. 그러게 선생님을 만나기 전에 우리부터 만났어야지!"

"박성규, 그 입 좀 다무시지? 또 싸우자는 거야? 하, 그 얘긴

됐고 혹시 너희들 중에 개 키우고 싶은 사람 없어? 코카스파니엘이고, 아직 세 살밖에 안 됐는데."

성규가 긴 한숨을 내뱉었다.

"진짜 개 같은 소리 하고 있네. 갑자기 무슨 개를 키워!"

동호가 말했다.

"봄이 얘기야?"

"그래. 제갈윤이 키우던 개. 우리 이사 가기 전에 다른 사람한테 주라고 아빠가 난리야. 원래 얌전했는데 우리 집에 오고 나서는 유난히 짖어. 엄마도 찜찜해하고 더는 못 키우겠어."

"그 개도 아나 보지. 네가 살인범인 거."

소영은 성규를 힘껏 노려봤다. 동호는 머리가 지끈거렸다. 새벽에 깬 탓에 눈꺼풀이 아직도 무거웠다. 동호가 혼잣말을 하듯 중얼거렸다.

"누가 이런 짓을 벌였는지 너희는 궁금하지 않아? 학교에서도 빨리 그 애를 잡고 싶을 거야. 그 애만 잡으면 다 없던 일이 될지도 모른다고. 도대체 누굴까? 윤이가 그런 부탁을 할 만한 사람. 우리 말고 다른 친구가 있었을까? 꼭 나경 고등학교 학생이 아니더라도 중학교나 초등학교 때 친구가 있을지도 모르잖아."

소영이 코웃음 쳤다.

"내가 장담하는데 아무도 없어. 남자애들한테야 여신 대우를 받았겠지만 과연 여자애들도 걔를 좋아했을까? 걔랑 같은 모둠이라도 되면 여자애들이 얼마나 불편해했는지 알아? 게다가 중학교랑 초등학교는 여기가 아니라 서울에서 다녔다고. 잠깐, 혹시 제갈윤 이모님인가? 그분도 이 동네에 사시는데."

성규가 말했다.

"이모님이면 아줌마 아냐? 야, 아줌마가 고등학교에 들어와서 교과서 사이에 편지를 끼워놓고, 정우진 책가방에 편지를 넣었겠냐? 그럼 당연히 다른 사람 눈에 띄었겠지!"

소영이 발을 굴렀다.

"거봐! 그러니까 나현진 샘이 범인이라고! 우리가 아니라면 솔직히 샘밖에 없잖아! 어떡하지? 설마 상담실에 녹음기 같은 거 설치하지는 않았겠지?"

차가운 바람에 실려 온 퀴퀴한 냄새가 아이들의 콧속에 밀려들었다. 성규는 다시 한번 오른손을 오므리고 아까보다 훨씬 높게 차오른 화를 입에서 토해냈다.

"김소영이 저렇게 배신 때렸으니 이제 믿을 건 동호 너밖에 없다. 이따 나현진 선생님이랑 상담실에서 만나면 우리 좀 도와주라. 혹시 그날 밤 일에 대해서 물어보면 사실이 아니라고 해줘. 너도 그때 안 자고 있었는데 진짜 아무 일도 없었다고. 편지에 적힌 일은 다 뻥이라고."

동호가 말했다.

"선생님이 그 말을 믿겠어? 벌써 증거도 있다고 우진이한테 들었는데."

"그래도 일단 아니라고 해! 사진은 도대체 어떻게 된 건지 모르겠다고. 일단 발뺌할 수 있는 데까지는 해봐야 될 거 아냐. 야, 너 뭐 필요한 거 없냐? 말해봐. 우리 집 잘사는 거 알지?"

소영이 비아냥거렸다.

"와. 겁나 절박하다, 박성규."

"누가 너한테 물어봤어!"

"그래서 봄이 키울 사람은 아무도 없는 거야? 응?"

동호의 대답은 5교시 시작을 알리는 요란한 종소리에 묻혀 버렸다. 소리가 잦아들자마자 성규가 물었다.

"수업 종 때문에 못 들었어. 아까 뭐라고 했냐?"

동호는 말없이 아이들에게서 등을 돌렸다.

◌

"11월치고는 이상하게 더워서 자전거를 타기에 좋은 날씨였어요. 마침 대출 예약 걸어놓은 책이 도서관에 도착했다기에 자전거를 끌고 나갔죠. 도서관 건물 앞에 일차선 도로가 있는데 웬일로 차들이 줄줄이 서 있었어요. 명절에도 안 막히는 도로였는데. 맨 앞에 있는 택시 뒤에 그랜저가 있었고, 활짝 열린 창문으로 윤이랑 닮은 여자애가 강아지를 안고 있었어요. 그래서 카톡을 보냈죠. 지금 차 안에 봄이랑 있는 거 맞냐고. 금세 답이 왔는데 맞다고 하더라고요. 학원 가는 길인데 된통 지각이라고. 음악 들으면서 단어나 외우고 있다고. 봄이 얘기를 하도 많이 들어서 자세히 보고 싶었지만, 공부한다는데 방해하기 싫어서 자전거를 끌고 횡단보도를 건넜어요. 그때 택시 조수석에서 남자가 내렸고요. 뒷문을 열더니 안에 탄 사람을 끌어내리려고 한창 실랑이를 벌였죠. 그제야 차들이 왜 못 갔는지 알겠더라고요. 건물 입구로 들어가기 전에 다시 도로 쪽을 봤는데 이번에는 소영이가 눈에 들어왔어요. 차창 밖으로 목을 빼고 앞쪽 상황을 살피고 있었죠. 쟤는 또 저기에서 뭐 하나 웃음이 나와서 소영이한테도 카톡을 보내려고 했는데, 소영이가 운전석 쪽으로 몸을 틀더니 길게 경적을 눌렀어요. 맞아요, 윤이가 저한테 쓴 편지에 나온 것처럼 제가 그 모습을 똑똑히 봤어요. 그리고 다음에는 모두가 잘 아는 그 사고가 벌어졌죠."

동호는 당시 일을 이야기하는 내내 현진의 시선을 한 번도 피하지 않았다.

"그래서? 넌 어떻게 했니?"

"윤이가 차에서 나올 거라고 생각했는데…… 내리지 않더라고요. 가서 무슨 일인지 알아보고 싶었지만 주변에 있던 사람들이 구경하려고 몰려들어서 저는 그냥 제자리에 서 있었어요. 경찰이 와서 그랬저 뒤쪽에 있는 차들을 한 대씩 후진시켰고, 소영이가 탄 차도 후진하더니 다른 도로로 들어갔어요. 처음에는 왜 그냥 가는지 의아했어요. 소영이랑 윤이 가족은 엄청 친하다고 들었는데 왜 윤이를 안 도와주고 저렇게 가버리는지. 다른 데 주차하고 다시 오겠지 생각했는데 끝까지 안 오더라고요. 다음 날 학교에 와 보니까 애들이 그 사고 얘기를 떠들었어요. 저는 윤이 엄마가 돌아가셨을 줄은 상상도 못 했어요. 구급차가 오기에 그냥 좀 다치셨을 거라고 생각했는데……."

"그 사고가 일어났을 때는 너희 모두 같은 반이었지. 내가 너희 담임이었고."

동호는 고개를 끄덕였다.

"사고 현장을 직접 본 건 나인데 애들이 더 많이 알더라고요. 다들 이렇게 말했어요. 윤이 엄마가 앞차가 안 가서 경적을 눌렀다고. 남자가 아무리 후드를 때려도 차 안에 있었어야 했는데 못 참고 내렸다고. 그래서 남자랑 싸우다 죽었다고. 소영이는 그 말을 가만히 듣고만 있었어요. 애들한테 아니라고 하지 않더라고요. 경적을 누른 사람이 자기라는 말은 절대로 하지 않았죠. 그제야 정신이 번쩍 들었어요. 왜 소영이가 그렇게 가버렸는지, 다시 돌아오지 않았는지 알겠더라고요."

당시의 일이 다시 한번 떠올랐다. 현진은 어머님이 돌아가셨다는 윤의 문자메시지를 받고 서둘러 장례식장으로 향했다. 윤은 검은 상복을 입고 가지런한 단발머리에 하얀 리본 핀을 꽂고 있었다. 이런 상황에서도 이 아이는 어쩜 이렇게 고울까 감탄했던 기억이 났다. 현진은 윤의 차가운 손을 잡아주었다. 사고 경위와 이혼한 아빠에 대해 조심스레 묻자 아빠는 지방에서 올라오는 중이라고 했다. 그리고 엄마가 앞차에 경적을 울리는 바람에 싸움이 벌어졌다고 했다. 윤은 분명히 그렇게 말했고, 현진은 아무런 의심도 하지 않았다.

다음 날 조례 시간에 윤의 소식을 전했다. 윤은 당분간 결석할 것이며, 시간이 되는 사람은 조문을 가면 좋겠다고 말했다. 반 아이들은 물론 교장 선생님과 다른 선생님들까지 조문을 왔고, 윤은 다른 사람들에게도 분명히 엄마가…….

"또 뭐가 궁금하세요?"

동호의 한숨 섞인 목소리가 현진의 회상을 방해했다.

"미안. 네 이야기를 들으니까 갑자기 1년 전 생각이 나서. 그러니까 다음 질문은…… 그래, 너는 사실을 알면서도 왜 윤이한테 아무 말도 안 했니?"

"어떻게 해야 할지 당연히 고민했죠. 윤이한테 소영이 얘기를 해야 하나. 하지만 그게 옳은 일인지 헷갈렸어요. 제일 가까운 친구 때문에 엄마가 죽었다는 걸 알면 기분이 어떨까. 가뜩이나 힘들 텐데 세상이 더 원망스럽지는 않을까. 차라리 자기 엄마가 그랬다고 믿는 편이 낫지 않을까. 그때는 정말 몰랐어요. 윤이가 진실을 알고 있을 줄은."

"윤이는 네가 그 모습을 다 봤다는 걸 어떻게 알았을까?"

"제가 도서관 건물 앞에 서 있는 모습이야 창문으로 충분히 봤겠죠. 제가 거기 있다고 이미 카톡도 보냈고. 그리고 제가 있던 자리에서는 소영이네 차도 한눈에 들어왔으니까. 제가 소영이가 경적 누르는 모습을 봤다고 추측한 거 아닐까요?"

현진은 키보드를 두드리다 황급히 손을 멈췄다.

"미안. 너한테 허락을 먼저 구했어야 했는데. 네 명의 이야기를 동시에 들으니까 좀 헷갈려서. 컴퓨터 파일에 기록해도 될까? 당연히 나만 볼 거야."

동호는 어깨를 으쓱했다.

"마음대로 하세요."

"고마워. 소영이는 질색하더라고. 어디까지 얘기했더라. 그래, 그렇다면 나중에라도 윤이와 그 사고에 대해 이야기한 적은 없니?"

"왜 그날 학원 버스 대신 엄마 차를 탔고, 후문으로 갔는지는 윤이가 나중에 말해줬어요. 저는 그저 듣기만 했고, 소영이 일은 말하지 않았어요. 윤이가 너무 안돼서 입도 뻥긋할 수 없더라고요."

상복을 입은 윤의 모습이 또다시 떠올라 현진은 그 잔상을 애써 떨쳐냈다. 동호의 이야기에 집중해야 한다. 오늘이 벌써 6일이다. 소영이 결석하는 바람에 시간이 너무나 지체됐다.

"소영이가 경적을 눌렀다는 걸 다른 사람한테 말한 적도 없고?"

동호는 슬슬 좀이 쑤시는지 건성으로 고개를 저었다.

"네가 거기 서 있는 모습이야 충분히 볼 수 있었다고 치자. 하지만 윤이는 소영이가 자기 뒤쪽에 있었다는 걸 어떻게 알았을까? 소영이는 그날 핸드폰을 두고 나와서 윤이랑 연락할 수도 없었는데."

"글쎄요, 백미러로 본 거 아닐까요?"

"나도 그 생각은 했지만 불가능해. 백미러는 뒤차 정도만 보이잖아."

"아파트 후문을 나올 때 소영이네 차가 따라오는 걸 봤을 수도 있죠. 그리고 그 도로 옆 인도에 저만 있었던 건 아니었어요. 저처럼 윤이와 소영이를 모두 아는 사람이 그 광경을 보고, 나중에 윤이한테 말해줬을 수도 있죠. 예를 들면 선생님이라든가."

동호의 눈빛에 불쑥 생기가 돌았다.

"도서관 근처에 있는 오피스텔에 사시죠?"

"맞아. 하지만 내가 그 자리에 있었다면 네 눈에 띄었겠지."

"글쎄요. 저는 윤이랑 소영이를 보느라 정신이 없었는데. 선생님이 근처에 있었다 해도 몰랐을 것 같은데요?"

현진은 노란색 파일을 두드리며 웃었다.

"여기 오기 전에 소영이랑 짰니? 나를 범인으로 몰자고?"

"그런 적 없는데요."

"편지 얘기를 해보자. 너도 2학기 개학 날에 편지를 받았니?"

"네. 보라색 꽃무늬 봉투가 제 사물함에 들어 있었어요. 틈새로 봉투를 밀어 넣은 것 같더라고요. 윤이가 다 알고 있었다는 걸 알고 정말 놀랐어요. 윤이는 편지에서 절 몰아붙였죠. 진실을 알리지 않고 지켜보기만 했던 너도 다른 애들이랑 똑같다고. 그걸 읽고 무슨 생각이 들었냐고요? 황당하고 억울했어요."

"편지를 받고 왜 다른 부원들한테 얘기하지 않았지?"

동호는 허탈하게 웃으면서도 여전히 현진을 빤히 쳐다봤다.

"제가 뭐라고 하겠어요? 성규랑 우진이한테 말하는 건 경적을 누른 사람이 소영이라는 고자질밖에 안 되고. 윤이는 이미 죽었는데 이제 와서 편지를 가지고 소영이를 추궁하는 것도 우습잖아요. 윤이는 다가가기 힘든 애였지만 그래도 좋은 친구였고, 저도 걔가 죽어서 정말 안타까워요. 하지만 제가 뭘 그렇게 잘못했는지 모르겠어요. 전 우연히 거기 서 있었을 뿐인데 윤이는 저까지 싸잡아서 비난하고 있잖아요. 과연 저한테까지 이런 편지를 남겨야 했을까요? 솔직히 저는 이 일에서 빠지고 싶어요. 다른 사람 일에 끼어드는 건 딱 질색이고, 걔들이 한 짓 때문에 저까지 욕먹고 있는 거 아시는지 모르겠네요."

상담실 밖으로 학생들이 간간이 지나갔다. 일주일 뒤면 아이들의 인생이 걸린 수능이다. 그만큼 학교에 흐르는 공기에는 긴장감이 맴돌았다. 오픈채팅방에 편지가 올라온 지 어느새 닷새가 지났다. 그토록 빗발쳤던 학부모들의 항의 전화는 이제 한 통도 오지 않는다. 3학년 학생들은 막바지 공부에 여념이 없고, 다른 학생들도 이 일을 잊어가는 분위기다. 진실을 알 수 없는 소문보다는 다음 달에 있을 기말고사가 훨씬 급한 불일 테니까. 교장실로 그런 협박 편지만 오지 않았다면 이 사건은 어영부영 마무리되었을지도 모른다. 편지를 올린 아이는 그것까지 미리 예상한 걸까. 그래서 교육청에 직접 제보하겠다고 학교를 협박한 걸까. 앞으로의 일을 생각하자 가슴이 답답했다. 네 아이들에게 들은 이야기들이 과연 진실일까. 진실을 확인해줄 유일한 사람은 이제 우리 곁에 없는데.

"이제 가도 돼요? 7시에 과외 선생님 오시는데."

"아니, 조금만 더. 그날 밤 일은 어떻게 된 거지? 성규와 우진이는 왜 그런 짓을 한 거야?"

동호는 심드렁한 얼굴로 의자에 등을 기댔다. 자신의 눈치를 살피던 우진과 성규의 절박한 얼굴이 떠올랐다.

"사실 그 일 때문에 오후 내내 고민했어요. 하지만 그냥 솔직히 털어놓을게요. 아까 말씀드렸듯이 다른 사람 일에 엮이고 싶지는 않아서."

현진은 초조하게 동호의 말을 기다렸다.

"그 일은 잘 몰라요. 성규의 아파트에서 다섯 명이 술을 마셨고, 눈을 떠보니 아침이었어요. 윤이랑 소영이는 언제 집에 갔는지 보이지도 않았고요. 성규가 라면 먹고 가라고 했는데 속이 너무 안 좋아서 그냥 집에 왔어요. 그게 다예요."

"안타깝네. 넌 뭘 기억하고 있길 바랐는데. 좋아, 그렇다면 성규와 우진이가 퍼뜨린 윤이 사진에 대해서는 너도 알고 있었니?"

"아니요. 저는 사진을 받은 적도 없고, 그런 사진이 돌았다는 것도 몰랐어요."

두 사람은 서로를 응시했다.

"너랑 윤이는 참 닮았다는 생각을 많이 했어. 둘 다 조용하고 다른 애들한테 휘둘리는 법도 없었지. 너랑 윤이 사이는 어땠니? 동아리 시간이 끝나면 집에 같이 가는 것 같던데."

"네. 성규랑 우진이보다는 오히려 윤이랑 친했어요. 소영이랑도 그랬고. 소영이랑 저, 둘 다 꿈이 드라마 작가잖아요."

"윤이가 자살했을 때 가장 의아했던 부분이 두 가지 있었어. 첫째, 왜 죽음을 택했을까. 둘째, 왜 학교를 그 장소로 골랐을까. 학교 애들이 크게 충격받을 거라고 예상했을 텐데. 내가 아는 윤이는 그렇게 이기적인 애는 아니었는데. 진짜 목숨을 버릴 생각이었다면 굳이 학교가 아니라도 다른 장소가 있었을 텐데. 편지 사건의 진실은 아직 모르겠지만, 윤이가 왜 학교에서 죽기로 마음먹었는지는 어렴풋이 알 것 같아."

남들과 다른 사람은 추앙받거나 배척당한다. 그 두 가지 경우밖에 없다. 윤의 학교생활은 어땠을까. 현진의 눈에는 언제나 차분하고 의젓했던 아이. 누구보다 조용했지만 교실에 들어서면 가장 먼저 시선을 붙잡았던 아이. 하지만 자신의 생각과 달리 그 애는 많은 아이들에게 기피의 대상이었던 것은 아닐까. 너무나 반짝거려서 자신의 부족한 면을 절로 떠올리게 되는, 그래서 결국 밀어내고 싶은 아이. 윤은 분명 다른 아이들의 생각을 느꼈을 것이다. 게다가 자신을 둘러싼 사건들의 진실을 알고 있었다면 얼마나 분하고 수치스러웠을까. 마음을 털어놓을 만한 친구도, 기댈 수 있는 부모도 선생님도 없었다. 그 애에게 나경 고등학교는 곧 지옥이었을 것이다.

옥상에서 뛰어내리기 전날, 윤은 동아리 모임이 끝난 뒤 할 말이 있다며 자신을 기다렸다. 조금만 더 세심했다면, 조금만 더 깊이 생각했다면 윤의 죽음을 막을 수 있었을 것이다. 그날이 마지막 기회였을 것이다. 현진은 그 만남을 아무에게도 말하지 않았다. 학생을 지키지 못했다는 부끄러움과 그 일로 질타를 받을지도 모른다는 두려움에 현진은 결국 입을 다물었다. 오픈채팅방에 편지를 올리고, 교장실로 당돌한 협박 편지를 보낸 아이는 그래도 제갈윤의 편일까. 죽음을 둘러싼 진실을 알리기 위해, 자신이 나서지 않으면 영원히 묻힐지도 모르는 진실을 위해 이런 일을 벌인 걸까.

하지만 그 아이는 누구인가. 짐작이 가는 아이가 없는 것은 아니지만…….

맞은편에서 긴 한숨 소리가 들려왔다. 동호가 다시 한번 현진을 빤히 쳐다봤다.

"이제 끝났죠?"

II

남은 사람들

11월 9일 월요일

오후 12시 30분

　김옥경 미카엘라 교장 선생님은 학생들 사이에 섞여 점심을 먹은 뒤 급식실을 나왔다. 그녀는 항상 아이들 틈에서 꿋꿋이 한 자리를 차지하고 식사를 했다. 당연히 교장 선생님 옆에 앉으려는 아이는 아무도 없었고, 덕분에 날마다 성경 속 홍해의 기적을 직접 체험할 수 있었다.

　통유리창에서 쏟아진 햇살이 1층 복도를 눈부시게 비추었다. 그녀는 학교를 가득 메운 통유리창을 볼 때마다 성당의 기품 있는 스테인드글라스가 떠올랐다. 이런 디자인 콘셉트를 선택한 건 역시 탁월한 결정이다. 나경 고등학교의 외관은 어디 하나 흠잡을 데가 없다. 문제는 이 학교를 채우고 있는 아이들이다. 그녀는 자신이 학생들을 믿지 않는 만큼, 학부모들

도 자신을 믿지 않는다는 걸 알고 있었다. '그 수녀, 대학은 나
왔대? 애도 없으면서 교육에 대해 어떻게 알아? 그 학교 보내
면 성경 읽고 기도만 시키는 거 아냐?' 입학 설명회나 입시 설
명회 때마다 그녀는 자신을 흠잡는 학부모들의 목소리가 생생
히 들리는 듯했다.

교장 선생님은 자신을 향한 불신을 엄격한 교칙으로 보답
했다. 다행히 학칙에 대한 권한은 오롯이 학교장에게 있었다.
나경 고등학교 학생들은 화장과 염색은 물론 교복 길이도 마
음대로 줄일 수 없었다. 양말도 무늬 없는 흰색 양말과 검은색
스타킹만 허용했으며, 체육복은 체육 시간이 아니면 절대로
입을 수 없었다. 심지어 무릎 아래로 내려오는 롱패딩까지 금
지하는 바람에 여학생들은 한겨울이면 스타킹을 뚫고 들어오
는 바람을 고스란히 느끼며 벌벌 떨어야 했다. 하지만 아무리
엄격한 규칙이라도 사람이 얼마나 빨리 적응하는지 알면 놀랄
것이다. 교장 선생님은 아이들을 바짝 옭아맬수록 사고나 일
탈의 위험이 줄어든다고 생각했다. 다행히 지난해의 서울 상
위권 대학 진학률은 예상보다 훌륭했다. 학교 덕분이라기보
다는 신도시 학부모들의 교육열이 제 몫을 톡톡히 했다.

이대로 쭉 나아가면 된다고 생각했을 때 입에 담기도 싫은
사건이 터졌다.

제갈윤처럼 얌전했던 아이에게 뒤통수를 맞다니. 교장 선

생님은 그 일로 경찰 조사까지 받아야 했다. 개교한 지 2년도 안 된 고등학교에서 자살이라니. 그것도 가톨릭 고등학교에서. 그나마 제갈윤의 죽음이 학교폭력 같은 불명예스러운 일에 연루되지 않은 게 다행이었다.

이제야 그 일에서 벗어났다고 생각했는데.

"야, 씨발! 졸라 웃고 있네!"

욕설이 들려온 쪽으로 고개가 천천히 돌아갔다. 매점 쪽에서 남학생 무리가 게걸스럽게 아이스크림을 먹고 있다. 교장 선생님을 본 아이들은 순식간에 얼음이 됐다.

교칙 제6조. 욕설과 비난 등의 모욕적인 언행을 삼가고, 바르고 고운 말을 사용한다.

"방금 욕설을 쓴 사람이 누구지?"

안경 쓴 아이가 머뭇거리며 오른손을 들었다. 횃불처럼 솟은 아이스크림콘에서 끈적한 시럽이 흘러내렸다. 교장 선생님은 아이의 명찰을 톡톡 두드렸다.

"김민재. 1학년?"

"네."

"몇 반이지?"

"2반요."

"담임선생님한테 말해서 벌점 처리할 거야."

아이의 여드름투성이 이마 위로 찬란한 햇살이 쏟아졌다.

"에이, 친구들이랑 그냥 장난친 건데. 한 번만 봐주세요."

어이없는 말을 들을 때는 힘들게 받아칠 필요 없다. 3초만 상대의 눈을 똑바로 바라본다.

딱 3초만.

"죄송합니다."

아이가 팔을 내리며 고개를 숙이자 콘에 얹혀 있던 아이스크림이 바닥으로 떨어졌다. 옆에 있던 아이들이 풉 소리를 내며 웃음을 참았다. 자신의 구두까지 튄 아이스크림 시럽을 보자 방금 먹은 점심이 명치에 걸리는 듯했다. 이렇게 덜된 아이들을 가르치려면 갈 길이 얼마나 먼가.

"너희가 깨끗이 치워. 나중에 확인할 거야."

교장 선생님은 엘리베이터를 타고 5층에서 내렸다. 복도 중간에 위치한, 옥상으로 이어지는 좁은 계단 앞에 현진이 서 있었다. 마지막 발걸음을 옮기는 제갈윤의 모습을 상상하듯 현진의 시선은 계단에 멈춰 있었지만, 구두 소리를 듣고 금세 고개를 돌렸다.

"아, 교장 선생님. 식사하셨어요?"

"네, 먹었습니다."

교장 선생님은 현진을 지나쳐 교장실 문을 열었다. 그리고 물티슈를 찾아 구두에 묻은 시럽을 박박 문질렀다.

"안 그래도 전화하려고 했어요. 도대체 어떻게 된 겁니까?

벌써 일주일이 지났는데 아무 소득도 없어서야 되겠습니까?"

"지난번에 말씀드렸듯이 김소영 학생이 며칠 결석하는 바람에……."

"결과만 얘기하세요."

교장 선생님은 의자에 앉으며 못 미더운 눈으로 현진을 올려다봤다. 현진은 헛기침을 하며 목소리를 가다듬었다.

"우선 제갈윤 학생의 어머님에게 벌어졌던 사고는 편지에 적힌 내용이 모두 맞습니다. 그러니까 김소영 학생이 그 사고 현장에 있었고, 경적을 누른 것도 김소영이 맞다고 합니다. 김동호 학생은 그 사건의 목격자였고요. 마침 도서관에 가던 길에 건물 앞에서 그 모습을 다 봤지만, 윤이에게 진실을 말하지는 않았다고 합니다. 그 이유는……."

"결과만 말하라고 했잖아요."

"네. 그러니까 우리를 협박한 학생은 경적 사건에 대해서도 처벌을 내리기를 바라는 것 같지만, 학교 측에서 그 일로 징계를 내리기는 힘들다고 생각합니다."

"그건 내가 결정할 문제지요."

"아, 김소영 학생은 곧 전학을 갈 계획이라고 합니다. 아무래도 다른 학생들의 시선이 버거울 테니까요."

"사진 사건은요?"

"박성규 학생과 정우진 학생은 불미스러운 일은 없었다며 끝까지 부인했지만, 사진을 보고는 결국 입을 다물었습니다. 소영이와 동호는 먼저 잠이 들어서 아무것도 못 봤다고 하고 요. 우리를 협박한 학생이 정말 교육청에 제보할 생각인지는 모르겠지만, 이 사건은 그냥 넘어갈 수 없다고 생각합니다. 교내 학생들에게 그런 사진을 유포한 건 명백한 선도법 위반이니까요."

현진은 마음속으로 날짜를 계산했다. 성규와 우진에게 징계를 내리려면 정식으로 선도위원회를 열어야 한다. 교사는 조사 보고서를 작성해야 하고, 해당 학생이나 학부모에게 선도위원회 개최를 서면으로 통지해야 한다. 선도위원회의 논의 결과가 나와도 다시 한번 서면 통지가 이루어져야 하고, 만약 퇴학 처분을 받는다면 학생은 재심을 청구할 수도 있다.

이 모든 과정을 16일까지 끝낼 수 있을까.

게다가 학교를 협박한 아이는 학교 본관 게시판에 공고를 올리라고 했지만, 요즘에는 인권 문제로 웬만해서는 공고문을 부착하지 않는다. 교장 선생님도 남은 시간이 걱정되는지 탁상 달력을 보고 있다.

"그 학생들은 누가 이런 일을 벌였는지 짚이는 바가 없다고 합니까?"

"네. 다들 아무도 지목하지 못했습니다."

"나 선생은요?"

현진은 잠시 망설이다 말했다.

"저도 마찬가지입니다. 모르겠습니다."

교장 선생님의 입에서 긴 한숨이 흘러나왔다. 어떤 징계를 내리든 소문은 삽시간에 퍼질 것이다. 자살 사건에 이어 또 이런 일이 벌어지다니. 그것도 죽은 애의 사진이 돌고 있다니. 교장실로 온 협박 편지만 아니었다면 문제 학생과 학부모들을 불러 조용히 질책하고 마무리했을 수도 있다. 이 학교 학생일 게 뻔한 그 발칙한 아이의 말에 끌려다녀야 하다니 자존심이 상해 견딜 수 없었다.

하지만 교육청에 민원이 들어간다면 일은 걷잡을 수 없이 커진다. 이 학교를 운영하는 가톨릭 재단에서 그 사실을 알게 되면 스스로 교장 자리를 내려놓아야 할지도 모른다. 그러니 어떻게든 학교 안에서 이 일을 해결해야 한다.

"내일 박성규 학생과 정우진 학생의 보호자들을 이 방으로 부르세요."

현진이 재빨리 고개를 끄덕였다. 그 순진한 얼굴을 보고 있자니 다시 한번 분통이 터졌다.

"서면 통지는 내가 직접 하겠습니다."

11월 10일 화요일

오후 5시

긴 탁자를 사이에 두고 두 가족이 마주 앉았다. 성규 팀 우진 팀으로 나누어 스피드 퀴즈라도 진행해야 할 분위기다. 성규는 교장실 문을 목재로 설계한 사람에게 절이라도 하고 싶은 심정이었다. 교장실까지 올라와 이곳을 엿보는 대담한 아이들은 없다고 할지라도. 현재 성규와 소영의 담임인 나현진 선생님과 우진과 동호의 담임인 또 다른 여자 선생님, 그리고 선도위원회 위원장인 교감 선생님까지 동석했다. 현진은 아이들 못지않게 긴장한 눈치였다. 오랜만에 정장을 차려입은 성규와 우진의 부모들도 표정은 현진과 크게 다르지 않았다.

마침내 교장 선생님이 허공을 노려보며 입을 열었다.

"이 자리에 왜 오셨는지는 들으셨을 테니 굳이 제 입에 그…… 낯 뜨거운 일을 다시 올릴 필요는 없을 듯합니다. 오픈 채팅방에 편지들이 올라왔을 때만 해도 사실이 아닐 거라 믿었지만 결국…….”

교장 선생님은 미간을 찌푸리며 입을 다물었다. 성규는 교장 선생님이 마무리하지 못한 말을 마음속으로 대신 읊조렸다.

'제가 뒤통수를 된통 맞았네요.'

“우선 이 자리에서 오간 이야기는 외부에 절대로 발설해서는 안 됩니다. 특히 학생들?”

성규는 재빨리 네, 라고 대답했다.

“부모님들 몰래 가진 모임에서 다섯 학생이 술을 마셨습니다. 그것만으로도 심각한 교칙 위반이에요.”

교칙 위반? 학교에서 마신 것도 아닌데? 성규는 마주 앉은 우진을 흘끔거렸다. 안 그래도 창백한 우진의 얼굴은 지금은 밀가루라도 뒤집어쓴 것 같았다. 성규는 우진을 보며 어젯밤에 급하게 오갔던 대화를 떠올렸다.

쫄지 마, 정우진. 내가 시킨 대로만 해.

성규의 아빠가 말했다.

“제가 자식을 잘못 키웠습니다, 교장 선생님. 간만에 방송국에서 휴가를 받아 집사람과 여행을 다녀왔는데 이 녀석이 이때다 싶어 친구들을 불러 모을 줄은 상상도 못 했습니다. 고등학생이 술을 마신 건 잘못이지만 사실 얘들이 무슨 낙이 있겠습니까? 학교와 학원만 시계추처럼 오가는 애들인데요. 가끔 그런 일탈도 있어야 버티는 거죠. 하지만 그…… 사진 사건은 부모로서 면목이 없습니다. 물론 두 녀석 다 벌을 받아야 마땅하지만, 그래도 아비로서 자식 편을 들어야겠습니다. 사진을 찍자고 먼저 제안한 건 정우진 학생이라고 하던데요. 몇몇 남학생들에게 사진을 보낸 것도 우진 학생이 부추겨서 그랬다고 하고요. 물론 성규도 처벌을 피할 수는 없겠지만, 잘못의 경중은 헤아려주셨으면 합니다."

"뭐요?"

걸걸한 목소리가 성규의 아빠를 향했다. 우진의 아빠가 언성을 높이기 시작했다.

"잘못의 경중은 얼어 죽을. 우진이가 제안하고 부추겼다고? 그래요, 백번 양보해서 그 말이 맞는다고 칩시다. 그래도 정신이 제대로 박힌 놈이라면 옆에서 말렸어야지. 그걸 고대로 보고만 있다가 이제 와서 친구를 팔아먹어?"

성규의 엄마가 끼어들었다.

"흥분하지 마시고요. 저희는 팩트를 말씀드리는 거죠, 팩트를. 학교에서 정확한 판단을 내리려면 사실 관계를 제대로 아서야 하니까요."

오픈채팅방 사건 뒤로 엄마는 성규와 눈도 마주치지 않았다. 하지만 성규는 알고 있었다. 무슨 짓을 저질러도 엄마는 자신을 버리지 않으리라는 것을. 뭐니 뭐니 해도 아들 사랑은 엄마 아니던가. 그것이야말로 최고의 팩트라고 단언할 수 있었다.

우진의 엄마가 우진의 허벅지를 때렸다.

"넌 왜 멍충이처럼 바닥만 보고 있어! 네가 한번 말해봐. 저 말이 사실이야? 네가 그 죽은 애 사진 찍고 퍼뜨리자 그랬냐고. 팩토를 말해봐, 팩토를!"

성규는 웃지 않으려고 어금니를 깨물었다. 바닥에 1등짜리 로또라도 떨어진 것처럼 우진은 미동도 없이 고개를 숙이고 있었다. 교장 선생님이 말했다.

"제가 학부모님들을 이 자리에 부른 건 조용하고 신속하게 이 문제를 처리하기 위해서입니다. 담임선생님들에게 아까 통지문을 받으셨을 겁니다. 선도위원회는 12일 목요일에 열 생각입니다."

성규의 엄마가 코웃음을 쳤다.

"그래서 어떻게 처벌하시게요? 등교 중지 처분만 받아도 생활기록부에 무단결석으로 기록되는 거 아시죠? 아니면 퇴학 처분이라도 내리실 겁니까? 무슨 이유를 달아서요? 사진 유포 같은 단어는 못 쓰실 테고, 품행에 관련된 명목을 다실 텐데 그럼 학생과 학부모들은 더 궁금해하겠죠. 당연히 오픈채팅 방에 올라온 편지와 관련 있다고 생각할 테고, 징계 처분이 내려지는 동시에 그 편지에 적힌 내용들이 모두 사실이라고 생각하지 않겠어요? 학교 이미지도 있으니 아까 말씀하신 대로 조용하게 이 문제를 처리하는 편이 낫다고 생각합니다."

성규의 엄마는 우진의 부모에게 턱짓을 보냈다.

"우진 학생이 주도한 일이니까 그쪽에서 책임지고 조용히 전학 가세요. 여기에서 둘 다 징계받는 것보다는 그 편이 훨씬 낫잖아요? 듣자 하니 김소영 학생도 전학 갈 거라고 하던데."

우진의 엄마가 말했다.

"말 한번 잘했네. 왜 우리 애만 전학 가야 하는데? 사진은 뭐, 애 혼자 찍었어?"

"저기요, 반말은 하지 말아 주실래요?"

탁자를 사이에 두고 고성이 탁구공처럼 오가기 시작했다. 우진의 머리는 한없이 바닥으로 떨어졌다. 어젯밤 성규가 다급히 우진을 찾아왔다. 이번 일을 뒤집어써주면 자신의 부모님이 앞날을 보장해줄 거라고 했다. 정말 배우가 되고 싶다면 맨바닥에서 성공하기란 하늘의 별 따기라는 걸 알지 않느냐고 했다. 하지만 우진이 그날 밤 일을 주도했다는 말은 사실이 아니었다. 자신에게 잘못이 없다는 건 아니다. 성규를 말리지 못했으니까. 하지만 한 가지 의문이 계속 우진을 괴롭혔다.

말리지 못한 걸까. 말리지 않은 걸까.

마침 1학년 겨울 방학이 시작된 날이었다. 엔지 시네마 단
톡방에 집이 며칠 비니까 방학 축하 파티를 하자는 공지가 올
라왔다. 성규는 가끔 별것도 아닌 일로 장난스러운 공지창을
띄웠다. 다들 학원과 과외 일정을 마무리하고 성규의 아파트
로 모이니 밤 11시였다. 성규는 이미 식탁에 맥주병과 소주병
을 줄줄이 세워 놨다.

"다들 오늘 안 들어갈 거라고 말했지? 야, 김소영. 넌 무슨
핑계 대고 왔냐?"

"뻔하지. 제갈윤 집에서 잘 거라고 했어. 근데 이걸 다 어떻
게 샀어? 요즘 신분증 검사 엄청 철저하지 않아?"

성규는 엄지와 검지로 브이 자를 만들어 턱에 댔다.

"야구모자 눌러쓰고 마스크 끼니까 쳐다보지도 않던데? 그
리고 내가 좀 노안이잖냐. 이럴 때는 꽤 쓸모가 있지."

우진은 윤을 흘끔거렸다. 계속 윤의 눈치를 살피는 자신이
한심하면서도 자꾸 그쪽으로 시선이 갔다. 윤의 엄마가 돌아
가신 지 두 달이 지난 때였다. 그리고 다시 사귀자고 했다가
보기 좋게 차인 뒤였다. 하지만 자신과 달리, 윤은 우진에게
아무런 관심도 없어 보였다.

동호가 윤에게 물었다.

"봄이는?"

"동물병원에 맡겼어. 밤에 혼자 두면 무서워할까 봐."

"데려오지. 봄이 한번 보고 싶었는데."

성규가 끼어들었다.

"야! 너희는 놀러 와서 무슨 개 타령을 하고 있어. 그리고 이 집은 동물 출입 금지야."

소영이 키득거렸다.

"왜? 너도 여기 살잖아."

"오 마이 갓! 그런 유머 감각으로 드라마 대본을 쓰겠다는 거야? 넌 시트콤은 죽어도 쓰지 마라, 오케이?"

성규가 동호 쪽으로 고개를 돌렸다.

"근데, 김동호. 너 술 마셔본 적은 있냐?"

"한 번도 없는데."

"잘됐네! 술은 원래 형님한테 배우는 거야!"

윤은 평소처럼 좋은 건지 싫은 건지 파악하기 힘든 얼굴이었다. 소영은 탐탁지 않아 보였지만 마시지 않겠다는 말은 하지 않았다. 그렇게 아이들은 성규가 미리 시켜 놓은 치킨을 안주 삼아 술을 마시기 시작했다. 성규는 분위기를 띄우겠답시고 여느 때보다 훨씬 부산을 떨었다.

"잘 봐. 맥주잔을 이렇게 쭉 세우고 위에 소주잔들을 하나씩 걸쳐 놓는 거야. 그리고 소주잔 하나를 탁 치면!"

소주잔들이 맥주잔 속으로 차례대로 하나씩 떨어졌다. 경쾌한 퐁당 소리와 함께 맥주 거품이 치솟았다 사그라들었다. 성규가 두 팔을 벌리고 쩌렁쩌렁하게 외쳤다.

"술잔 도미노!"

소영이 혀를 내둘렀다.

"너 때문에 미치겠다. 이런 건 어디에서 배웠어?"

"어디겠냐?"

"유튜브?"

"당연하지! 자, 빨리 하나씩 가져가. 방학하니까 진짜 신나지 않냐? 헤이, 가이즈. 우리 대학 가더라도 한 달에 한 번은 꼭 모이는 거다. 오케이?"

"같잖은 영어 좀 그만 쓸래? 공부하기 지겨워 죽겠다, 정말. 방학하면 뭐 해? 학원 특강 때문에 더 바쁠 텐데. 그놈의 대학, 도대체 갈 수는 있는 거니?"

"넌 재수 없는 소리 좀 하지 마, 김소영! 좋은 대학 갔다가 나중에 다 같이 성공해서 방송국에서 만나면 얼마나 뿌듯하겠냐? 제갈윤은 피디, 나랑 정우진은 배우, 너랑 동호는 꿈이 드라마 작가니까. 다 같이 일하면 얼마나 좋아?"

윤은 턱을 괸 채 맥주 거품을 내려다봤다.

"내 꿈은 다큐멘터리 피디인데. 방송국에서 만날 수는 있어도 같이 일하기는 힘들걸."

동호가 말했다.

"꼭 그렇지는 않아. 요즘엔 배우들이 다큐멘터리 내레이션도 많이 하거든."

"왜 하필이면 지루한 다큐멘터리를 만들고 싶은지는 모르겠지만, 박성규 배우님께서 내레이션 해주지. 공짜로!"

"야, 박성규. 그런 건 엄청 유명한 배우들만 할 수 있거든? 나는 대학 가자마자 공모전 준비부터 할 거야. 요즘엔 신선한 소재가 아니면 사람들이 쳐다도 안 봐. 나는 벌써 몇 개 생각해 놨지. 그리고 나중에 꼭 넷플릭스로 진출할 거야."

소영이 호들갑스럽게 박수를 쳤다.

"넷플릭스 오리지널 드라마 작가! 완전 멋있지?"

"어, 나도 그러려고 했는데."

"됐어, 김동호. 내가 너보다 훨씬 먼저 데뷔할 거야."

아이들은 밤이 깊어 가는 줄도 모르고 꿈과 미래에 대한 이야기를 나누었다. 아이들이 상상한 미래는 성공과 행복이 가득 담긴, 화려한 포장지에 싸인 선물 상자 같은 것이었다. 그 상자 안에 윤의 자살과 엔지 시네마의 강제 해산 같은 불행한 미래가 도사리고 있다고는 누구도 상상하지 못했다.

그리고 그 일이 벌어졌다.

새벽 2시가 넘어가자 아이들의 머릿속에 안개가 끼기 시작했다. 동호는 화장실로 달려가 먹은 걸 모두 게워냈고, 윤은 졸다가 맥주잔을 엎었다. 성규는 얼굴이 폭발할 것처럼 빨개진 소영을 보고 정신없이 웃어 댔다. 결국 소영이 제일 먼저 항복했다.

"더 못 버티겠음. 난 잘래."

성규가 안방 쪽으로 손가락을 뻗었다.

"첫 번째 탈락자가 나왔습니다. 헤이, 토마토! 넌 저기 들어가서 자."

좀비처럼 흐느적거리며 걷는 소영을 보고 윤마저 웃음을 터뜨렸다. 하지만 동호도 이제 한계에 다다른 듯 보였다.

"저기…… 나도 못 버티겠어. 난 그냥 소파에서 잘게."

"두 번째 탈락자 발생! 정우진, 제갈윤! 우리 셋은 끝까지 달리는 거다!"

하지만 우진도 몸이 좋지 않았다. 처음 마셔본 술은 평평한 식탁을 파도처럼 넘실거리게 만드는 마법을 부렸다. 거실 쪽에서 동호가 낮게 코 고는 소리가 들렸다. 셋은 말없이 술잔만 연거푸 비웠다. 혀가 슬슬 꼬이기 시작한 성규는 되는 대로 지껄였다.

"힘내, 제갈윤. 어머님이 돌아가신 건 진짜 안타깝지만 그래도 열심히 살아야지. 그래야 하늘에 계신 어머님도 마음 푹 놓으시지 않겠냐? 혹시 남자 친구 필요하면 나한테 말하고."

"말하면? 어쩔 건데?"

"나를 벌써 한 번 차기는 했지만 두 번째 찬스를 주지. 내가 눈은 엄청 높지만 너랑 사귀어줄게. 어때? 오늘부터 1일?"

윤은 머리가 아픈 듯 팔꿈치를 식탁에 괸 채 관자놀이를 문질렀다. 그러고는 또렷하지 않은 발음으로 말했다.

"됐어."

"뭐?"

"싫다고. 예전에도 싫댔는데 자꾸 왜 그래?"

주변 공기가 싸늘해졌다. 우진은 난처한 마음에 괜히 핸드폰만 쳐다봤다. 성규의 일그러진 표정이 불편했는지 윤은 얼마 뒤 비틀거리며 몸을 일으켰다.

"나도 잘래. 내일 봐."

성규는 윤을 쳐다보지도 않은 채 자기 방을 가리켰다.

"저기. 내 방 침대에서 자. 나랑 정우진은 밤샐 거니까."

윤이 들어간 지 얼마나 지났을까. 우진은 성규 때문에 억지로 깨어 있었지만 이제 그 자리가 고문처럼 느껴졌다. 아무 데나 쓰러져 자고 싶은 마음뿐이었다. 성규가 목소리를 낮추고 속삭였다.

"와, 진짜 사람 쪽팔리게 하네. 지가 그렇게 잘났냐?"

"동호랑 소영이가 못 들은 걸 다행으로 알아. 야, 우리도 이제 자면 안 돼? 그냥 거실에서 자면 되는 거지?"

"쟤 아까 나불대는 거 봤지? 나 지금 두 번째 차인 거냐?"

우진은 피식 웃었다. 성규의 마음에 공감이 가기도 했지만 한편으로는 고소했다. 난 그래도 윤과 사귀어봤다고 으스대고 싶었지만, 윤과의 사이를 비밀로 했다는 걸 알면 성규는 가만있지 않을 것이다.

"야, 정우진. 걔 이제 잠들었겠지? 들어가볼래?"

"돌았냐? 거길 왜 들어가?"

"그냥 어떻게 자는지만 보자고. 그렇게 잘난 여자애는 얼마나 공주처럼 자는지 안 궁금하냐? 안 따라오면 죽는다."

우진의 머릿속을 메우고 있던 안개가 순식간에 걷혔다. 우진은 성규를 간신히 거실에서 멈춰 세웠다.

"그냥 자게 내버려 둬! 뭘 어쩌려고?"

"이 자식이 친구를 변태 취급하네. 그냥 보기만 한다고! 나중에 성공하고 싶으면 나한테 반항하지 말랬지? 똥멍청이라 벌써 까먹었냐?"

소파에 널브러져 있던 동호가 몸을 꿈틀대며 뭐라고 중얼거리는 바람에 우진은 심장이 떨어질 뻔했다. 하지만 동호가 깼는지 살펴볼 겨를이 없었다. 성규는 이미 윤이 잠든 방으로 들어간 뒤였다. 거실등에서 흘러나온 불빛이 성규의 방을 희미하게 밝혔다. 이불 대신 그림자가 윤의 몸을 뒤덮었다. 늘 꼿꼿하던 아이가 그렇게 풀어진 모습은 처음이었다. 그 모습을 보고 있자니 윤과 사귀면서 겪었던 일들이 하나씩 떠올랐다 사라졌다. 좋았던 기억도 있지만 자존심을 건드렸던 씁쓸한 기억이 먼저였다. 우진은 윤의 팔을 잡고 일으켜 세우고 싶었다. 그리고 입 안에서만 맴돌던 질문들을 퍼붓고 싶었다. 왜 우리 사이를 그렇게 비밀로 하자고 했는지. 정말 다른 애들의 입에 오르내리기 싫어서였는지. 자신을 남자 친구라고 말하는 게 창피해서는 아니었는지.

우진의 머릿속에 다시 안개가 밀려들었다. 성규 말이 맞다. 자기가 뭘 그렇게 대단하다고.

성규가 자신의 핸드폰을 우진에게 건넸다.

"쫄지 말고 이걸로 잘 찍어봐. 그냥 사진만 몇 장 찍는다고."

가슴이 어찌나 쿵쾅거리는지 자신의 심장 소리에 윤이 금세라도 몸을 일으킬 것 같았다. 우진은 잠시 망설였지만 결국 카메라 어플을 켰다.

날카로운 통증이 허벅지에 퍼지는 바람에 우진은 고개를 들었다. 엄마가 우진의 허벅지를 연달아 때리고 있었다.

"왜 아무 말도 못해! 진짜 네가 그랬어? 네가 주도했냐고!"

성규가 윤의 스웨터를 걷어 올렸고, 우진은 사진을 찍었다. 찰칵 소리가 울릴 때마다 머릿속을 메운 안개가 조금씩 흩어졌지만 우진은 멈추지 않았다. 윤은 성규에게 보낸 편지에서 이렇게 말했다. 끔찍한 일을 겪은 사람은 자신이 그 일을 바꿀 수 있었다고 믿으며 스스로를 괴롭힌다고. 윤은 틀렸다. 윤의 엄마에게 벌어진 사고는 절대로 윤이 막을 수 있었던 것이 아니다. 하지만 자신의 경우는 다르다. 우진은 충분히 과거를 바꿀 수 있었다. 온 힘을 다해 성규가 방으로 들어가지 못하게 막았다면, 머릿속 안개를 쫓아내고 핸드폰을 내려놓았다면 그런 일은 벌어지지 않았을 것이다. 그리고 그날 밤 일만 없었다면 윤은 살아 있었을 것이다.

"제가 그랬어요. 성규는 아무 잘못 없어요."

우진의 엄마 입에서 탄식이 터졌다. 현진과 우진의 눈이 마주쳤다. 현진이 우진을 보며 고개를 천천히 가로저었다.

우진의 머리가 바닥을 향해 다시 한번 추락했다.

"다 제 잘못이에요."

11월 10일 화요일

오후 7시

집에 돌아온 현진은 편지들을 다시 한번 꼼꼼히 읽었다. 아이들의 인터뷰를 정리한 컴퓨터 파일도 또다시 훑었다. 처음 편지를 읽으며 품었던 의문들은 아이들의 이야기를 들은 뒤에도 완전히 해소되지 않았다.

첫째, **누가** 이 편지를 썼는가. 정말 제갈윤인가.

둘째, 제갈윤은 자신을 둘러싼 일련의 사건들을 **어떻게** 알았는가.

셋째, 정체를 감춘 그 아이는 **왜** 오픈채팅방에 편지를 올리고, 학교를 협박하고 있는가.

두 번째 의문이 해소된다면 첫 번째 의문도 풀린다. 하지만 아무리 생각해봐도 제갈윤이 그 사건들을 어떻게 알았는지 이해가 되지 않았다. 동호의 추측대로 교통사고 현장에 있던 누군가가 윤에게 알려준 걸까. 그렇다면 사진 사건은? 자신의 사진이 돌고 있다는 걸 어떻게 알았을까. 다른 학생들의 이야기를 우연히 엿들었거나, 사진을 받은 남자아이가 윤에게 알려줬다고 가정할 수도 있다. 그래서 그날 밤 함께 있었던 우진과 성규를 의심하게 된 걸까.

그리고 세 번째 의문.

여전히 정체를 감춘 이 아이는 누구이며 왜 이런 일을 벌였는가. 자신이 어렴풋이 떠올리고 있는 아이가 맞을까. 하지만 의심뿐 증거는 없다. 불러서 물어볼 수도 있겠지만 의심만 가지고 몰아붙인다면 당연히 아니라고 잡아뗄 것이다.

현진은 편지들을 옆으로 치웠다. 그리고 책상에서 일어나 뭉친 어깨를 돌리며 창밖을 내려다봤다. 동호가 상담 때 지적했듯이, 현진은 사고가 일어났던 일차선도로 근처의 오피스텔에 살았다. 도로를 확장하는 공사가 몇 주일째 저녁 시간까지 이어지고 있다. 곳곳에 세워진 공사 표지판 때문에 퇴근길 차들은 줄지어 느리게 나아갔다.

창문을 열자 공사 소음과 매캐한 콘크리트 냄새가 한꺼번에 밀려들었다. 오늘 학교에서 돌아오는 길에 현진은 도로 근처의 시시티브이를 확인했다. 주변을 아무리 둘러봐도 시시티브이는 한 대도 보이지 않았다. 설령 있다 해도 소영이 경적을 누르는 모습이나 근처에 있던 사람들까지 찍혔을 리는 만무했다. 익숙한 무력감이 다시 한번 가슴을 짓눌렀다.

오후에 있었던 학부모들과의 만남은 서로 얼굴만 붉힌 채 끝났다. 주먹다짐까지 벌어지지 않은 게 다행일 정도다. 우진은 끝까지 자기가 주도한 일이라고 우겼다. 이대로라면 우진은 퇴학 처분까지 각오해야 할지도 모른다. 16일에 공고가 붙으면 이런 일을 벌인 아이도 만족할까. 아니면 소영과 동호는 왜 처벌을 받지 않느냐며 또 학교를 협박할까.

현진은 찜찜한 기분을 거둘 수가 없었다. 담임으로서 1년 넘게 우진과 성규를 지켜봤다. 우진이 성규를 부추겨 그런 짓을 저질렀을 거라고는 상상하기 힘들었다. 그렇다면 우진은 왜 거짓말을 했을까. 성규의 압력 때문일까. 한편으로는 이런 생각도 들었다. 이번 일을 겪으면서 스스로를 가장 괴롭혔던 의문이었다.

내가 이 아이들을 제대로 알고 있을까. 타인을 완전히 안다는 것이 가능한 일일까.

하지만 자신의 생각이 맞다면, 우진이 성규의 잘못까지 덮어쓰고 있다면 이대로 지켜보고 있을 수는 없다. 이미 한 사람을 도울 수 있는 기회를 놓친 적이 있다. 우진에게까지 그래서는 안 된다.

현진은 책상 서랍을 열고 깊숙이 넣어 두었던 벨벳 주머니를 꺼냈다. 그리고 엄지손가락으로 부드럽고 윤기 흐르는 천을 쓸어내렸다.

이제 주인에게 돌려줄 때다.

11월 11일 수요일

오후 4시

"처음에는 소영이가 결석하더니 이제 네 차례야? 오늘 왜 학교 안 나왔어?"

"그냥…… 가기 싫었어요. 박성규랑 마주치기도 싫고. 애들이 자꾸 흘끔거리는 것도 짜증 나고. 선생님은 어떻게 된 거예요? 지금 학교에 있을 시간 아니에요?"

"너 만나려고 도망쳤어. 가끔 땡땡이 치는 것도 괜찮네."

현진은 우진의 집 근처 커피숍에서 우진을 전화로 불러냈다. 일부러 어둡고 널찍한 커피숍을 골랐다. 햇빛은 나경 고등학교에서 받을 만큼 받았으니까. 고즈넉한 분위기에 어울리는 클래식 음악이 말소리를 방해하지 않을 정도의 크기로 흘렀다. 몇몇 손님들만 노트북을 펴고 각자의 일에 몰두하고 있었다.

"상담실에서 안 만나니까 살 것 같다. 그 상담실 말이야. 겉보기에만 예쁘지 나도 말도 안 되는 구조라고 생각해. 너희들만 불편할 것 같지? 우리도 학생들이 자꾸 왔다 갔다 해서 신경 쓰여."

교복을 벗은 우진은 학교에서 만날 때보다 훨씬 앳돼 보였다. 고작 하루가 지났을 뿐인데 얼굴도 수척했다.

"부모님과 얘기는 해봤니?"

"그게…… 아뇨. 집에 와서도 두 분이 계속 싸우셔서. 네가 잘못 키웠네, 내가 잘못 키웠네. 뭐, 그런 거 있잖아요."

우진의 시선은 현진의 얼굴로 향하지 못하고 계속 테이블에서 맴돌았다.

"저는 이제 어떻게 되는 거예요?"

"내일 선도위원회가 열리면 너랑 성규에게 진술 기회가 주어질 거야. 의무 사항이거든. 거기에서도 네가 사진 사건을 주도했다고 주장한다면 성규보다 무거운 처벌을 받겠지. 퇴학도 각오해야 할걸."

"상관없어요. 저 그냥 자퇴하려고요."

"뭐?"

높아진 목소리에 주변의 시선이 쏠렸다. 현진은 뜨거운 커피 대신 물을 들이켰다. 우진의 귓바퀴가 빨갛게 물들었다.

"어차피 지금 성적으로 대학에 갈 수 있을지도 모르겠고. 차라리 알바 하면서 그 돈으로 연기 학원 다니고 틈틈이 오디션 보는 편이 나을 것 같아서요. 꼭 대학을 나와야 배우가 될 수 있는 건 아니잖아요. 좋은 대학 나오면 주목받긴 하겠지만, 그게 아닌 이상 등록금만 비싸고……."

"부모님은 그렇게 생각 안 하실 텐데. 그래도 고등학교는 마쳐야지."

우진은 힘없이 웃었다.

"그냥 자퇴한다고 설득해보려고요. 제가 나경 고등학교에서 사라지면 편지 돌린 애도 좋아하지 않겠어요?"

"정말 네가 그날 밤 일을 주도했니? 난 아니라고 생각하는데."

"선생님이 어떻게 알아요?"

"너랑 성규 담임이었으니까. 아무리 생각해도 네가 먼저 그런 사진을 찍자고 성규를 부추겼을 것 같지는 않아. 너한테 잘못이 없다는 말은 아니니까 오해하지 마. 하지만 혼자 죄를 뒤집어쓰는 건 또 다른 잘못을 저지르는 거야."

"제가 주도한 거 맞아요. 담임이라고 해봤자 조례랑 종례 때 보는 게 전부인데 우리에 대해서 다 알지는 못하죠. 우리를 그렇게 잘 알면 윤이가 자살할 생각이라는 건 왜 눈치 못 채셨어요? 아무리 멀쩡한 얼굴을 하고 있어도 속으로 무슨 생각을 하는지는 아무도 모르는 거잖아요."

"네 말이 맞아. 우리는 누군가의 겉모습만 보고 그게 그 사
람의 전부라고 생각하지만, 사람의 외면과 내면은 다르지. 윤
이는 죽던 그날까지도 태연히 교실에 앉아 있었지만 속으로는
죽음을 생각하고 있었어. 그러니까 우리는 사실 그 누구도 제
대로 알지 못하는 거야. 너에 대해서도 마찬가지였어. 이걸 보
기 전까지는 너희들이 사귀었다는 걸 상상도 못했지."

현진은 김이 피어오르는 머그잔 옆에 벨벳 주머니를 놓았다.

"윤이가 죽기 전날에 동아리 수업이 있었지. 끝나고 교무실
로 가려는데 윤이가 할 말이 있다고 하더라. 그러더니 이 주머
니를 내밀었어. 기회가 될 때 너한테 꼭 전해달라고 했지. 하
필이면 바로 들어가야 하는 회의가 있어서 일단 받긴 했는데,
나중에 열어보니까 반지가 들어 있더라. 딱 봐도 커플링이잖
아. 그때는 윤이가 다음 날 그런 선택을 할 줄도 모르고 혼자
피식 웃었어. 둘이 싸웠나 보다, 그렇게만 생각했거든."

우진은 황급히 주머니를 열었다. 현진의 말이 맞다. 윤과 함
께 샀던 커플링이다.

"왜 지금까지 저한테 안 주셨어요?"

"다음 날 윤이가 죽었으니까. 너한테 이걸 전해주는 게 옳은
일인지 판단이 안 섰어. 동호가 사고 현장을 보고도 윤이한테
아무 말 못했던 것처럼. 윤이가 죽은 뒤에 이걸 받으면 혹시라

도 네가 윤이의 죽음에 죄책감을 느낄까 걱정됐거든."

현진은 두 손으로 머그잔을 감쌌다. 몸에 퍼지는 온기를 느끼며 애써 마음을 가라앉혔다.

"그때는 윤이가 널 정말 좋아했기 때문에 이 반지를 남겼다고 생각했어. 자기가 죽고 다른 사람 손에 반지가 들어가는 게 싫어서라고 생각했지. 하지만 윤이는 그날 밤 일을 모두 알고 있었어. 그렇다면 쓰레기통에 버려도 모자랄 판에 왜 이 반지를 너에게 전해달라고 했을까?"

각인을 새긴 은반지.

J와 J라는 이니셜 사이에 오른쪽이 더 뚱뚱한 하트가 새겨져 있다. 사귀기로 하고 처음 갔던 놀이공원에서 각자에게 선물한 반지다. 놀이공원 한쪽에 프리마켓이 열렸는데, 윤이 액세서리 가판대를 구경하고 싶어 했다. 윤은 반짝이는 반지들은 놔두고 아무 무늬도 없는 은색 반지를 만지작거렸다. 토끼머리띠를 쓴 알바생이 호들갑스럽게 둘을 부추겼다.

커플이시냐고, 정말 잘 어울린다고.

우진은 웃었지만 가슴이 철렁했다. 용돈을 모두 챙겨 나오긴 했지만 커플링 같은 건 계획에 없었다. 아직 저녁도 먹기 전이었고, 간식도 사 먹게 될 것이다. 처음 온 놀이공원에서 돈이 부족해 당황하는 모습은 보여주기 싫었다.

"사만 원에 드릴게요."

손바닥이 축축해졌다. 커플링을 사본 적은 한 번도 없었다. 알바생이 말하는 사만 원이란 반지 하나 값일까 두 개 값일까. 우진이 눈만 껌벅이자 윤이 물었다.

"두 개에 그 가격이라는 거죠?"

"네. 너무 예쁜 커플이시니까 서비스로 각인까지 새겨 드릴게요."

윤이 우진에게 말했다.

"우리 이거 할까? 각자 선물해주는 걸로."

"어, 그래. 하고 싶으면 하자."

이만 원 정도면 충분히 낼 수 있었다. 우진은 한결 가벼워진 마음으로 지갑에서 만 원짜리 두 장을 꺼냈고, 윤은 신용카드를 내밀었다. 당연히 엄마의 카드이겠지만 그 반짝거리는 황금색 카드 앞에서 우진은 자신의 구겨진 지폐가 부끄러웠다.

알바생이 반지 사이즈를 골라 주며 물었다.

"이니셜은 어떻게 새겨 드릴까요?"

"J랑 J요."

윤이 말했다. 알바생이 반지를 가지고 한쪽 구석으로 사라졌다.

"제갈의 J랑 우진의 J. 그럴듯하지?"

우진은 멋쩍게 웃기만 했다. 선뜻 사만 원을 냈더라면 더 좋았겠지만 윤이 말한 대로 서로에게 선물한다는 의미가 있으니

괜찮다. 멀리서 들려오는 퍼레이드 음악에 가슴이 울렸다. 우리를 기다리고 있는 반지, 교복 대신 청바지를 입은 윤. 세상이 장밋빛으로 보인다는 기분이 이런 걸까.

둘은 완성된 반지를 보고 웃음을 터뜨렸다. J와 J 사이에 하트가 있었는데, 토끼 머리띠 알바생이 새긴 하트는 너무나 어설펐다. 알바생도 민망했는지 함께 웃었다.

"포장해드릴까요?"

우진이 대답했다.

"아니요, 끼고 갈게요."

어색해서 차마 반지를 윤의 손가락에 끼워주지는 못했다. 대신 처음으로 반지를 낀 윤의 손을 잡았다. 아까 흘린 땀 때문에 우진의 손은 축축했고 윤의 손은 차가웠지만, 우진 덕분에 윤의 손도 금세 따뜻해졌다.

윤이 속삭였다.

"여기 나중에 또 오자."

"언제?"

"내년에 첫눈이 오면. 그때 꼭 다시 오는 거야."

그렇게 두 아이는 약속했다. 학원이든 과외든 기말고사든, 첫눈이 오면 모두 미루고 이곳에 오기로. 그것보다 지키기 쉬운 약속은 없었다. 앞으로 닥쳐 올 불행을 예상하기에는 너무나 완벽한 순간이었다.

우진은 반지를 다시 벨벳 주머니에 넣었다. 죽기 전날 선생님에게 이 반지를 맡기며 그 애는 무슨 생각을 했을까. 자신을 향한 원망과 분노로 가득 차 있지는 않았을까. 우진이 이걸 보며 그날 밤 일을 뉘우치기를 바랐던 걸까.

현진이 말했다.

"왜 윤이가 학교 옥상에서 뛰어내렸는지 생각해본 적 있니? 너희만 잘못했다는 게 아니야. 나는 윤이를 붙잡을 수 있는 마지막 사람이었어. 윤이가 그 반지를 들고 나를 기다렸던 날, 나는 분명히 뭔가 이상하다는 걸 느꼈어. 나랑 얘기를 더 하고 싶어 하는 것처럼 보였는데 외면했지. 곧 회의에 들어가야 했고, 회의 뒤에는 밀린 서류 작업이 있었지만 그건 다 핑계에 불과해. 난 그저 바쁘고 귀찮아서 외면했던 거야. 워낙 의젓한 애니까 혹시 문제가 있더라도 잘 해결하겠지 생각하고 잊어버렸어. 그날 윤이와 이야기를 나누었다면, 아니 그다음 날에라도 윤이를 불러서 혹시 힘든 일이 있냐고 물었다면 윤이는 살아 있었을지도 몰라. 이 이야기는 너한테 처음 하는 거야. 왜냐고? 너무 부끄러웠거든."

우진은 놀란 눈으로 현진을 바라봤다. 둘 사이에 그런 일이 있었을 줄은 몰랐다. 한 사람의 마음속에 숨겨진 이야기들, 타인에게 절대로 꺼내 놓을 수 없는 이야기들의 무게는 도대체 얼마만큼일까. 시간이 조금씩 그 무게를 덜어주기를 바라며 다들 간신히 버티고 살아가는 걸까.

무슨 말을 해야 할지 알 수가 없다. 선생님 탓이 아니라고 할까. 그런 말을 듣는다면 조금이라도 위안이 될까.

현진이 우진의 손등에 자신의 손을 얹었다.

"넌 나 같은 실수는 하지 마. 어떤 상황에서도 우리는 올바른 선택을 할 수 있고, 그 선택으로 더 나은 사람이 될 수 있어. 너에게 아직 진실을 말할 기회가 있는 것처럼. 이 세상은 어이없고 불공평한 일투성이지만, 내가 어떤 사람이 될지 선택할 수 있는 기회는 누구도 빼앗지 못하는 거야."

수많은 생각이 밀려들어 우진은 아무 말도 할 수 없었다. 지금은 빨리 이 자리를 떠나고만 싶었다. 혼자서 꼭 하고 싶은 일이 있었다.

우진은 간신히 말했다.

"이제라도 돌려주셔서 고맙습니다. 그냥…… 조금만 더 시간을 주세요."

◌

집에 돌아온 우진은 책상 서랍을 하나씩 거칠게 열었다. 한 번도 정리한 적 없는 서랍에는 지나온 시간이 고스란히 담긴 잡동사니들이 들어차 있었다. 잉크가 마른 볼펜부터 구겨진 시험지, 심지어 초등학생 때 썼던 크레파스까지 보였다. 물건들을 샅샅이 헤집고 서랍을 빼내 뒤엎기까지 했지만 찾는 물건은 나오지 않았다. 우진은 손바닥으로 얼굴을 감싸 쥐고 기억을 모았다. 교칙 때문에 학교에는 반지를 끼고 가지 못했다. 그래서 알바생이 줬던 작은 케이스에 반지를 넣었다. 그리고⋯⋯ 분명히 서랍에 넣었던 기억이 마지막이다.

우진은 허탈한 심정으로 비좁은 방을 둘러보았다. 침대 밑으로 고개를 들이밀었지만 그 먼지 동굴 속에서도 반지 케이스는 보이지 않았다. 이번에는 옷장을 열고 철봉에 걸린 겉옷들의 주머니에 한 번씩 손을 넣었다. 그리고 이제 정말 마지막이다 싶은 마음으로 옷장 서랍을 열었다. 두 번째 서랍에 든 운동복 밑에서 큼직한 물방울무늬 파우치가 나왔다. 안 쓰는 컴퓨터용품들을 쑤셔 넣은 파우치였다. 지푸라기라도 잡는 심정으로 파우치를 뒤졌을 때, 드디어 낯익은 물건이 보였다. 우진은 한숨을 쉬며 침대에 주저앉았다. 안에는 윤이 선물해 준 반지가 그대로 들어 있었다. 우진은 현진에게 받은 반지를 자신의 반지 아래쪽 틈에 끼웠다.

이제 어떻게 하지.

우진은 침대에 등을 기댔다. 저물어 가는 햇살이 이불 위로 우진의 그림자를 길게 드리웠다. 엉망이 된 방은 마치 우진의 마음속 같았다. 나현진 선생님은 말했다. 어떤 거지 같은 상황 속에서도 나에게는 선택의 기회가 있다고. 그 기회만큼은 누구도 빼앗지 못한다고. 하지만 올바른 선택이 무엇인지 안다고 해도 그걸 행동으로 옮기는 데는 엄청난 용기가 필요했다. 소영이 윤에게 사고의 진실을 고백하지 못한 것처럼. 우진이 이번에도 성규의 요구를 거절하지 못한 것처럼.

인터넷에서 읽었던 기사가 문득 떠올랐다. 한 외국 남자가 반려견과 외딴곳으로 캠핑을 갔다가 조난을 당했다. 가져갔던 식량을 모두 잃어버리자 남자는 결국 반려견을 잡아먹으며 버텼고, 마침내 구조됐다. 그 기사가 보도되자 사람들의 의견이 엇갈렸다. 아무리 그래도 키우던 반려견을 잡아먹다니 너무했다는 의견과 생존을 위해서는 어쩔 수 없는 선택이었다는 의견이 맞섰다. 그리고 누군가는 이렇게 말했다. 남자의 반려견은 대형견이었다고. 자신을 죽이려는 주인에게 충분히 맞설 수 있었는데도 주인을 위해 자기 목숨을 바친 거라고. 무심히 읽고 지나쳤던 기사가 이제는 새롭게 느껴졌다. 우진은 생각했다. 남자의 선택이 옳았는지 아닌지 다른 사람은 판단할 자격이 없다고. 오로지 그 남자만이 알고 있을 것이다.

자신이 과연 올바른 선택을 했는지를.

선도위원회에서 진실을 고백하면 어떻게 될까. 이제 와서 말을 바꾼다면 성규와 성규의 부모님은 엄청나게 화를 낼 것이다. 성규의 부모님에게 도움을 받을 수 있는 기회도 영원히 날아갈 것이다. 선생님들이 자신의 말을 믿어줄지도 의심스러웠다. 성규가 주도했다는 증거가 있냐며 다들 우진을 몰아붙일지도 모른다.

땅거미가 그림자를 모두 삼킬 때까지 우진은 침대에 오랫동안 앉아 있었다. 옆에 놓인 한 쌍의 은반지만이 홀로 물리쳐야 할 두려움 속에서 우진을 지켜주었다.

11월 12일 목요일

오후 12시 25분

"왜 불렀어? 어차피 이따 선도위원회에서 볼 텐데. 야, 정우진. 근데 오늘 겁나 춥지 않냐? 내일모레가 수능이라 그런가?"

수능은 한파와 함께, 라는 공식대로 매서워진 바람이 성규의 교복 조끼 속을 파고들었다. 이럴 줄 알았으면 패딩이라도 걸치고 올걸. 성규는 널찍한 어깨를 움츠리고 얼어붙은 발가락을 꼼지락댔다. 우진이 말했다.

"그저께 교장실에서 다 같이 만나기 전에 네가 그랬잖아. 내가 다 뒤집어쓰면 너희 부모님이 나중에 도와주실 거라고."

"어어, 그랬지."

"어떻게 도와주실 건데?"

성규는 새어 나오는 웃음을 참았다. 뜬금없이 불러내서 이런 말을 하다니. 어지간히 불안했던 모양이다.

"그거야 뭐. 우리 아빠가 아는 피디나 감독들이 워낙 많잖냐. 그러니까 널 소개해줄 수도 있고, 네가 오디션이라도 보면 잘 좀 봐달라고 한마디라도 해줄 수 있다는 거지."

"그게 다야?"

"뭘 더 바라는데? 우리 아빠 예능에 당장 게스트로 꽂아주기라도 해야겠냐?"

"너희 아빠가 날 소개해줘 봤자 그쪽 피디들 마음에 안 들면 끝이잖아. 그리고 몇 년 뒤에도 너희 아빠 입김이 그렇게 셀까? 지금 맡고 계시는 그 대단한 예능 프로그램, 시청률 점점 떨어지고 있잖아. 폐지 위기라는 기사를 한두 번 본 게 아니거든. 그래, 네 약속대로 너희 부모님 덕분에 내가 작은 배역이라도 맡게 된다고 치자. 나중에 내가 고등학교 때 한 일이 알려지면 어떻게 해? 요즘엔 학폭 저질렀던 연예인들, 걸리기만 하면 다 끝장인 거 알지? 내가 윤이한테 한 짓도 만만치 않게 나쁜데. 그게 밝혀지기라도 하면 어떻게 될까? 나한테는 그런 일이 안 생긴다는 보장 있어?"

성규는 킁킁거리며 콧물을 들이켰다. 우진이 지적한 부분은 모두 사실이었다. 아빠의 예능 프로그램은 길어도 내년 상반기를 넘기기 힘들다고 했다. 그 프로그램이 폐지된다면 아빠가 또 그렇게 굵직한 프로그램을 맡을 수 있을지는 아무도 모른다. 위에서는 쪼고 아래에서는 치고 올라오는 방송계가 아빠는 이제 지겹다고 했다. 다시 피디로 일하기보다는 대학교나 방송 아카데미 같은 곳에서 학생들을 가르치고 싶다고 했다. 그렇게 된다면 아빠는 우진보다는 자신이 가르치는 학생들을 추천할 것이다. 게다가 성규는 부모님에게 우진의 데뷔를 도와달라는 말 같은 건 전혀 한 적이 없었다. 부모님은 우진이 그날 밤 일을 주도했고, 성규는 어쩔 수 없이 '구경만' 했다는 주장을 철석같이 믿고 있었다. 그러니 몇 시간 뒤에 열릴 선도위원회 회의에서 우진이 말을 바꿔서는 안 된다. 우진과 성규가 진술한 뒤 선생님들이 어떤 징계를 내릴지 결정한다고 들었다. 그러니까 세상 굴욕이 따로 없는 자리란 말이다. 우진이 헛소리를 해서 더한 굴욕을 당하지 않도록 어떻게든 우진을 달래야 했지만, 추위 때문에 머리가 돌아가지 않았다.

성규는 칼바람에 얼얼해진 얼굴로 애써 웃어 보였다.

"야, 정우진. 아무리 그래도 우리 아빠가 도와주는 게 나을 거야. 너 혹시 퇴학당할까 봐 무서워서 그러냐? 내가 엄마 아빠한테 방송국 알바 자리라도……."

"넌 부모님 없으면 아무것도 못하냐? 이제 난 너 못 믿어. 선도위원회에서 사실대로 말할 거야. 그날 밤 일을 주도한 건 너라고. 네가 데뷔시켜 준다고 꼬드겨서 그렇게 얘기했지만 그건 진실이 아니라고. 나만 빠져나가겠다는 거 아냐. 당연히 나도 처벌받을 거야. 근데 그거 아냐? 난 등교 정지를 당하든 퇴학을 당하든 아무 상관없어. 하지만 넌 아니겠지."

순식간에 치밀어 오른 분노가 추위를 몰아냈다. 성규는 우진의 가슴팍을 떠밀었다.

"지금까지 잘해줬더니 사람 뒤통수칠래? 뭐, 진실? 그래, 어디 가서 떠들어봐. 아무 증거도 없는데 이제 와서 네 말을 믿어줄 거 같아?"

우진은 성규의 일그러진 얼굴을 지지 않고 올려다봤다. 한때는 성규와 정말 친구가 되고 싶었다. 성규의 아빠가 꼭 유명 피디여서는 아니었다. 성규는 우진이 원하는 모습을 한데 모아서 빚은 듯한 아이였다. 큰 키에 다부진 몸집 같은 겉모습뿐만 아니라 어떤 사람 앞에서도 당당했고, 잘 웃었으며, 어떤 일에도 초조해하거나 걱정하는 법이 없었다. 하지만 이제는 알 수 있었다. 아니, 오래전부터 알고 있었다. 우진이 그토록 부러워했던 성규의 장점들은 사실은 엄청난 이기심과 무심함에서 비롯되었다는 것을.

"정말 그렇게 생각하냐? 네가 지금까지 나한테 잘해줬다고?"

"와, 진짜. 미친놈이 또 무슨 헛소리야."

"만날 너희 아빠 들먹이면서 하인처럼 부려 먹은 게, 너한테는 잘해준 거냐? 야, 박성규. 너한테 착하게 살라는 소리까지는 안 해. 하지만 적어도 다른 사람이 너한테 악의를 품게 해서는 안 되는 거야. 아까 증거 있냐고 했지? 학교에서 가지고 있는 그 사진은 네 핸드폰으로 찍었잖아. 다른 남자애들한테 퍼뜨린 것도 다 네 카톡으로 보낸 거잖아. 사람들이 안 믿어주면 부모님한테 경찰에 신고해서 정확히 조사해달라고 할 거야. 너만 엄마 아빠 있냐? 우리 부모님은 병신인 줄 알아?"

"뭐?"

성규는 아까보다 세게 우진을 밀었다. 우진은 몸을 휘청이다 간신히 중심을 잡았다.

"나 몰래 제갈윤이랑 사귈 때부터 네가 이렇게 배신 때릴 줄 알았어. 선도위원회에서 헛소리하면 죽을 줄 알아."

성규는 우진의 가슴을 손가락으로 쿡쿡 찔렀다.

"뭐? 네가 배우가 돼? 얼굴만 번듯하면 아무나 배우 할 수 있는 줄 아냐? 너 정도 생긴 애는 세상에 널렸거든? 넌 죽어도 데뷔 못 해. 우리 가족이 그렇게 안 둘 거야."

"야, 박성규! 이제 그만 좀 해! 넌 아직도 뭐가 중요한지 모르겠냐? 제갈윤은 우리들 때문에 죽었어. 이 학교에서 제일 친하다고 믿었던 우리 때문에! 걔는 이제 피디가 되겠다는 꿈도 못 꿔. 아니, 꿈은커녕 이렇게 아무나 다 맞는 차가운 바람조차 못 느껴. 너처럼 벌벌 떨면서 '수능이라더니 엄청 춥네, 내년도 이러려나.' 이렇게 평범한 생각조차 못한다고. 너만 일

러바치고 튀려는 거 아냐. 아까 말했듯이 나도 벌받을 거야. 하지만 혼자는 안 돼. 너도 같이 가는 거야."

성규의 주먹이 우진의 코를 강타했다. 바닥에 나동그라진 우진은 팔꿈치로 땅을 짚으며 성규를 노려봤다.

"네가 왜 두 번이나 차였는지 아직도 모르겠냐? 걔는 바보가 아니었거든. 네가 얼마나 나쁜 놈인지 한눈에 알아봤던 거야."

성규가 우진의 가슴에 올라타고 다시 주먹을 휘둘렀다. 차가운 시멘트 바닥에 우진의 뒤통수가 강하게 부딪쳤다. 그 짧은 순간 우진은 제갈윤의 엄마를 떠올렸다. 자신과 달리 아무것도 느끼지 못하고 순식간에 삶을 마감했을 제갈윤의 엄마를. 하지만 곧 아무 생각도 할 수 없었다. 콧속에서 터진 피가 목구멍을 가득 메웠다. 숨을 쉬기조차 힘들었다. 죽을지도 모른다는 공포에 두 팔이 본능적으로 성규를 밀어냈다. 하지만 성규는 우진을 더욱 짓누르고 얼굴을 쉴 새 없이 때렸다.

"감히 날 배반해? 진실을 말하겠다고? 내가 보고만 있을 것 같아?"

성규의 침이 우진의 얼굴에 튀었다. 정신이 아득해지면서 사정없이 몰려오던 격렬한 통증은 조금씩 사라졌다. 얼굴에 점점이 떨어지는 차가운 무언가가 우진의 마지막 의식을 붙잡아 주었다. 저 멀리 운동장 쪽에서 아이들의 환호성이 어렴풋이 들렸다. 눈, 첫눈, 사진 같은 단어들이 우진의 귓가에 메아리쳤다.

여기 나중에 또 오자.
언제?
내년에 첫눈이 오면. 그때 꼭 다시 오는 거야.

우진은 점점 흐릿해지는 시선으로 옥상에서 떨어지는 눈송이를 올려다봤다. 저 위에 홀로 서서 그 애는 무슨 생각을 했을까. 얼마나 외롭고 얼마나 무서웠을까. 몸을 던진 순간, 혹시 자신의 선택을 후회하지는 않았을까. 차라리 그건 아니어야 할 텐데. 만약 그랬다면 되돌릴 수 없다는 걸 알고 더욱 절망했을 텐데. 그 애가 살아 있다면 얼마나 좋을까. 그랬다면 다시 용기를 내어 말했을 텐데. 어설픈 하트가 새겨진 반지를 함께 끼고 다시 그 놀이공원에 가자고.

소중한 것들은 언제나 뒤늦게 알게 된다. 윤은 우진을 좋아했다. 먼저 사귀자고 한 것도, 먼저 헤어지자고 한 것도, 또다시 사귀자고 한 것도 우진이었지만 우진이 자신의 불안과 열등감 속에서 허우적거리는 동안 윤의 마음은 언제나 그대로였다.

우진이 그런 짓을 벌이지만 않았다면.

첫눈을 향한 환호성과 웃음이 사라지고, 비명과 다급한 발걸음 소리가 귓가에 울렸다. 이제 차가운 눈송이조차 꺼져 가는 의식을 붙잡아 주지 못했다.

정신을 잃기 직전, 우진의 입가에 희미한 미소가 걸렸다. 우진은 알 수 있었다.

자신이 옳은 선택을 했다는 것을.

11월 13일 금요일

오후 6시 30분

  수화기를 내려놓자 오른쪽 귀가 얼얼했다. 현진은 몇십 분 동안 교무실에 앉아 우진 어머니의 울음 섞인 하소연을 들었다. 우진은 코뼈가 부러지고 앞니 하나가 흔들리고 있었으며, 뇌진탕 증상까지 보인다고 했다. 특히 코 상태는 수술을 받아야 할 정도로 심각했다.

  어제 학교 체육관 뒤 분리수거장에서 성규와 우진의 싸움이 벌어졌다. 아니, 싸움은 잘못된 단어일 것이다. 첫눈을 즐기다 그 광경을 목격한 학생들은 성규가 일방적으로 우진을 때리고 있었다고 증언했으니까. 우진은 한동안 학교에 나오지 못할 것이다. 우진의 부모님은 성규를 학교폭력으로 고소하겠다고 했다. 어제 열리기로 했던 선도위원회는 당연히 취소되었다.

이대로라면 선도위원회 대신 학교폭력위원회가 먼저 열리게 생겼다. 하지만 그것도 당장은 아닐 것이다. 우진은 일주일은 병원에 있어야 한다. 무슨 일이 있었는지 말해줄 상태가 아니다. 성규는 오늘 학교에 나오지 않았다. 폭행의 정도가 너무 심하다. 어떤 위원회에 먼저 출석하든 성규는 무거운 처분을 피할 수 없을 것이다.

예상과 달리 교장 선생님에게서는 아무 호출도 없다. 현진은 눈화장이 번지는 것도 아랑곳하지 않고 눈두덩이를 세게 문질렀다. 성규는 왜 우진을 때렸을까. 자신이 모르는 또 다른 일이 있었을까. 교무실에 남은 사람은 어느새 현진뿐이었다. 현진은 열쇠로 잠가 두었던 서랍을 열고 교장 선생님에게 받은 흰 봉투를 꺼냈다. 그리고 메모를 꺼내 다시 한번 읽었다.

김옥경 미카엘라 교장 선생님께,

제갈윤 학생의 죽음에 책임이 있는
엔지 시네마 부원 네 명을 철저히 조사해주십시오.
그리고 11월 16일 오후 4시까지
학교 본관 게시판에 마땅한 처벌을 공고하십시오.
이 내용이 지켜지지 않는다면 그들이 벌인 일과 나경 고등학교의 묵인을
증거 자료와 함께 해당 교육청에 직접 제보하겠습니다.

16일은 다음 주 월요일이다. 이제 나경 고등학교는 이 지시를 지킬 수 없다. 오후 4시는 6교시가 끝나는 시간이다. 그때까지 공고문이 붙지 않는다면 하교 후 바로 교육청에 가려는 생각일까. 현진은 교무실 게시판에 붙은 전체 학년 시간표를 찾아봤다. 월요일에는 1, 2학년이 6교시에 끝나고, 3학년은 7교시까지 수업이 있다. 그렇다면 이 아이는 1학년이나 2학년일 확률이 높지 않을까.

이번에는 컴퓨터를 켜고 K신도시가 속한 교육청 홈페이지에 접속했다. 그리고 민원을 제보할 수 있는 페이지를 검색했다. 온라인과 직접 방문, 두 가지 방법이 있다. 만약 온라인으로 제보하고 싶다면 어떤 과정을 거쳐야 할까. 현진의 마우스 커서가 화면 곳곳을 바쁘게 누볐다. 우선 홈페이지상에서 휴대전화나 공동인증서 등으로 자신의 신원을 입증해야 한다. 현진은 빈칸에 자신의 휴대전화 번호를 넣고, 본인 인증을 받았다. 그러자 제보인의 기본 정보를 쓰는 칸이 나왔다. 이름과 연락처는 물론 주소와 성별, 생년월일까지 모두 입력해야 했다. 진행 상황은 홈페이지, 전자우편, 휴대전화 문자 메시지로 받을 수 있다고 했다.

현진은 자신의 기본 정보를 모두 입력하고 '다음' 버튼을 눌렀다. 그러자 드디어 민원 제목과 내용을 입력하는 칸이 떴다. 현진은 모니터를 한동안 바라보다 다시 메인 페이지로 돌아갔다. 자신의 신원을 밝히지 않으면 온라인상으로는 민원을 제보할 수 없다는 것을 확인했다.

만약 교육청에 직접 간다면? 현진은 그렇게 제보할 수 있는 경우를 검색했다. 하지만 그것도 자신의 신원을 밝혀야 했다. 제보인의 기본 정보를 포함하는 서류를 함께 제출하게 되어 있다. 하지만 담당자를 만나서 상황을 설명하고 익명 제보를 허락해달라고 부탁할 수도 있지 않을까. 그 학교에 다니는 학생이라 신원을 밝히기 껄끄럽다면 제보를 받아주지 않을까.

마지막으로 홈페이지에 적힌 교육청 주소를 검색했다. 학교에서 일하면서도 한 번도 가보지 않았던 곳이다. 차를 타고 가면 20분이면 도착하는 거리다. 평일은 저녁 6시 30분까지 업무를 보지만, 당직실이라는 곳도 있으니……. 전화기가 요란하게 울리는 바람에 현진은 자기도 모르게 어깨를 움찔했다.

"네, 나경 고등학교 나현진입니다."

높낮이 없는 익숙한 목소리가 들렸다.

"나 선생. 나 좀 봅시다."

○

"다행히 자리에 있었네요. 퇴근했을 줄 알았는데."

"조사하고 싶은 내용이 있었습니다. 성규와 우진 학생 어머님께 전화도 드렸고요."

교장 선생님이 안경 너머로 현진을 올려다봤다.

"성규 학생 어머님은 뭐라고 하시던가요?"

"우진 학생이 심하게 다쳤다고 말씀드렸습니다. 성규 학생 쪽에서도 고소당할 걸 각오하고, 변호사를 알아보고 있다고 하세요. 아무래도…… 긴 싸움이 될 것 같습니다."

"우리가 협박 편지를 보낸 학생에게 졌네요. 그렇죠? 이대로라면 16일에 공고문을 올리는 일은 절대로 불가능합니다. 나 선생님, 내가 가장 자주 하는 생각이 뭔지 알아요? 이 세상에는 내 뜻대로 되는 일이 정말 없다는 겁니다. 선도위원회를 코앞에 두고 싸움질이라니. 일이 이렇게 꼬일 수가 없네요."

교장 선생님은 안경을 벗고 푹 꺼진 눈두덩이를 문질렀다. 지금 현진의 눈앞에 있는 사람은 그저 피곤에 지친 작은 노인 같았다.

"저희를 협박한 학생도 이 일을 알고 있을 겁니다. 지금 자신의 요구를 들어줄 상황이 아니라는 걸요. 게다가 네 아이들 모두 곤란한 상황을 겪고 있으니까 이 정도면 그 아이도 만족하지 않을까요?"

"그 아이가 자비라도 베풀어주길 기대하라는 겁니까? 나는 이미 제갈윤 학생의 자살 사건으로 큰 타격을 입었습니다. 그 아이가 협박 내용을 행동으로 옮기고, 이 사건이 또다시 언론에 유출되기라도 한다면 나는 이 자리에서 물러나야 할지도 몰라요. 사실 벌써 각오하고 있습니다."

현진이 다급하게 말했다.

"이런 말씀 드리기 그렇지만, 혹시 교육청에 아시는 분이 없으신가요? 있으시다면 미리 연락하셔서 혹시 나경 고등학교 학생이 이 사건을 제보하면 상부에 올리지 말고 일단 저희한테……."

교장 선생님의 매서운 눈빛에 현진의 목소리가 잦아들었다.

"……알려달라고 하면 되지 않을까요."

"나보고 지금, 비리를 저지르라는 겁니까?"

"그게 아니라요, 교장 선생님. 제가 알아보니 교육청에 민원을 제보하려면 일단 자신의 신원을 밝혀야 합니다. 그 아이가 누군지 알아낸다면 저희가 만나서 설득할 수 있겠죠."

"그래도 제보하겠다고 우긴다면요?"

"그렇다면…… 어쩔 수 없다고 생각합니다."

교장 선생님이 웃음을 터뜨리는 바람에 현진은 가슴이 철렁했다. 하지만 교장 선생님은 정말로 재미있다는 듯한 얼굴이었다.

"이봐요, 나 선생. 아직 나를 모르는군요. 지금까지 날 어떻게 생각한 겁니까? 나 선생에게 아이들을 좀 캐보라고 했다고, 내가 목적을 위해서라면 물불도 안 가리는 사람 같아요?"

현진은 시선을 떨어뜨리며 아닙니다, 라고 말했다.

"나는 교직자이자, 그 전에 성직자입니다. 감히 어떻게 그런 생각을 했는지 모르겠군요. 나 선생님의 마음도 이해는 합니다. 일을 수습하고 싶은 마음에 그런 가당치도 않은 방법을 떠올렸겠죠. 하지만 나는 끝까지 자존심을 지킬 겁니다. 그 아이에게 더 이상 끌려다니지 않겠어요."

교장 선생님은 바퀴 달린 의자를 돌려 창밖을 봤다. 학교 둘레에 세워진 가로등들이 어둠이 내려앉은 운동장을 비추었다. 학교를 둘러싼 고층 아파트들 위에는 초승달이 모습을 드러내기 시작했다. 밤으로 접어드는 고요하고 나른한 시간이었지만 아이들이 없는 운동장은 그저 적막하기만 했다.

교장 선생님은 의자에서 일어나 제갈윤이 추락한 곳을 내려다봤다. 윤이 죽었던 날, 야간자율학습 시간이 시작되기 전에 그 아이를 마주쳤다. 윤은 옥상과 이어진 짧은 계단을 내려오고 있었다. 한 손으로 난간을 붙잡은 채 어디가 아픈 사람처럼 계단을 천천히 한 칸씩 내려왔다. 옥상에서 담배라도 피웠나 싶어서 교장 선생님은 싸늘한 눈초리로 윤을 훑었다. 자신의 옆을 지나칠 때는 코를 킁킁거리기까지 했다. 하지만 윤은 자신을 보고 예의 바르게 고개를 숙였고, 몇 시간 뒤 이 학교에서 영원히 사라졌다.

자살 소식을 듣고서야 알았다. 옥상 문이 열려 있는지 확인하려고, 혹은 자신이 뛰어내릴 장소를 살펴보려고 윤이 그곳에 왔었다는 것을. 교장 선생님은 경찰에게도, 어떤 교사에게도 그 일을 말하지 않았다. 성직자의 의무인 고해 성사 시간에도. 그 일을 입 밖에 꺼내는 순간, 윤의 죽음이 정말로 자신의 책임으로 느껴질 것 같았다. 하지만 교장 선생님은 알고 있었다. 자신이 그 아이를 붙잡을 수 있었다는 것을.

"나는 신이 아닙니다. 학생들 하나하나의 마음속까지 들여다보는 재주는 없어요. 내가 이 자리에서 할 수 있는 최선의 일은 학생들이 쾌적한 환경에서 학업에 몰두하도록 돕는 것이라고 생각했습니다. 부디 원하는 대학에 합격해서 나경 고등학교에 다니기 참 잘했다는 말이 나오기를 바랐습니다. 하지만 제갈윤 학생의 자살에 이어 이번 일을 겪으며 내 자리를 돌아보게 됐어요. 내가 과연 무엇을 했어야 했나. 성직자로서 기도를 더 열심히 했어야 했나? 아니요, 이런 상황에서 그런 말은 도저히 못 하겠습니다. 그럼 내가 무엇을 했어야 했나. 전문 상담 교사 배치, 학생 인성 교육, 성폭력 방지 교육……. 그런 번지르르한 프로그램들을 마련했으면 이런 일이 없었을까?"

현진이 속삭이듯 말했다.

"죄송합니다, 교장 선생님. 제가 좀 더 아이들에게 신경을 써야 했습니다. 담임 교사로서 정말 면목이 없습니다."

"나 선생, 지옥이 어떤 곳인지 알아요?"

뜻밖의 질문에 현진은 눈을 깜박였다.

"그거야…… 죄를 지은 사람들이 죽어서 벌을 받는 곳이 아닌가요?"

"그 벌이 괴로운 이유는 상황이 바뀔 수 있다는 희망이 없기 때문입니다. 지옥은 아무런 희망도 없는 곳입니다. 그 아이가 나경 고등학교에서 목숨을 버린 이유도 이곳에서 희망이 보이지 않았기 때문이었겠죠. 혹시 이 자리를 지킬 수 있다면 나도 변해보고 싶네요. 한 명의 마음이라도 어루만질 수 있다면, 그러니까 조금의 희망이라도 줄 수 있다면 무슨 일이든 못하겠습니까. 나름대로 고생한 거 알아요, 나 선생. 애썼습니다. 질책이 아니라 이 말을 하려고 불렀습니다."

"아닙니다. 실망시켜 드려서 죄송합니다. 이제 어떻게 하면 좋을까요?"

교장 선생님은 다시 의자에 앉아 허리를 펴고 현진을 똑바로 쳐다봤다. 익숙한 위엄이 다시 그 작은 몸을 감쌌다.

"상황이 갖추어지는 대로 학교폭력위원회가 열릴 겁니다. 선도위원회도 함께요. 각자 할 수 있는 일을 준비하며 기다려야죠. 그뿐입니다."

현진은 고개를 끄덕였다. 그리고 마음속으로 중얼거렸다.

네. 저도 제 일을 하겠습니다.

11월 16일 월요일

오후 4시

종례를 마치자마자 복도를 달렸다. 계단참에서 다리가 꼬여 하마터면 길게 뻗은 계단 아래로 굴러떨어질 뻔했다. 현진은 팔을 버둥거리다 간신히 난간을 잡았다. 안도의 한숨과 함께 땀 한 줄기가 등 뒤로 흘러내렸다. 하교하던 학생들이 물었다.

"선생님, 괜찮으세요?"

"응, 괜찮아. 땡큐!"

허우적거리는 모습을 봤는지 아이들이 까르르 웃음을 터뜨렸다. 이 아이들은 그럴 나이다. 별것 아닌 일에도 배꼽을 쥐고 웃을 나이. 그 순수한 웃음소리를 듣자 자신이 하려는 일이 어처구니없이 느껴졌다. 그리고 곧 만나게 될지도 모를 그 아이를 떠올리자 가슴 한구석이 시큰거렸다. 이 일에 얼마나 몰

두하고 있을까. 정체를 들킬까 봐 심한 스트레스를 받고 있지
는 않을까. 아니, 오히려 담담하거나 별생각이 없을지도 모른
다. 그래, 차라리 그 편이 나을 것이다.

현진은 난간을 잡고 계단을 한 걸음씩 내려갔다. 왼쪽 발목
이 바닥을 디딜 때마다 찌릿했지만 오른쪽이 아니라 천만다행
이다. 운전하는 데는 지장이 없을 테니까.

다리를 절뚝이며 교무실로 걸음을 서둘렀다. 종례 전에 챙
겨 놓은 핸드백을 낚아채듯 집어 들자, 옆자리에 앉아 있던 선
생님이 물었다.

"어디 가요? 오늘 야자 감독 아니에요?"

"김 선생님이랑 바꿨어요. 내일 뵐게요!"

핸드백을 뒤적여 자동차 키를 찾으며 주차장 쪽으로 걸었
다. 발목을 다칠 줄 알았으면 운동화를 신고 올걸. 곧 운전을
해야 한다는 생각에 이르자 첫 상담 날, 성규가 다급하게 외
쳤던 말이 떠올랐다. 저는 운전도 못해요, 우리 엄마도 장롱
면허예요. 자신도 크게 다른 처지는 아니었다. 현진의 경차는
오피스텔 주차장에 붙박이장처럼 박혀 있는 신세였으니까.
오늘을 위해 주말 동안 운전 연습까지 했다. 혹시 길을 헤맬
까 싶어 목적지에 미리 다녀오고, 주차장 구조까지 체크해 두
었다.

하지만 학교 주차장에 다다른 순간 탄식이 절로 나왔다. 커

다란 SUV 승합차가 현진의 경차 앞을 떡하니 가로막고 있었다. 웬일인지 오늘따라 주차장에 차들이 꽉꽉 들어차 있다. 아니, 학교에 차를 끌고 온 것은 오늘이 처음이다. 나경 고등학교 주차장은 늘 이런 모습이었을지도 모른다. 신발에 대한 후회에 이어 택시를 탈걸 그랬다는 후회가 밀려들었다.

현진은 두 팔을 뻗어 승합차를 밀었다. 왼쪽 발목에 힘이 실리자 비명이 터져 나왔다. 차창 안을 보니 사이드브레이크는 다행히 풀려 있다. 핸드백을 바닥에 던지고 다시 온 힘을 다해 차를 밀었다. 발목 때문에 두 다리에 제대로 힘을 주기가 힘들었다. 절망적인 심정으로 주차장을 둘러봤지만 도움을 청할 사람은 보이지 않았다. 할 수 없이 다시 오만상을 찌푸리고 차를 밀었다. 두피 속에서까지 땀이 솟아날 무렵 간신히 경차가 빠져나갈 자리가 생겼다. 현진은 차에 올라 재빨리 시동을 걸었다. 승합차와의 간격이 아슬아슬했다. 겨우 주차장에서 빠져나왔을 때는 학생들이 자주 쓰는 욕설이 입에서 튀어나왔다.

현진은 교육청을 향해 힘껏 액셀을 밟았다.

◌

오는 과정은 그렇지 못했지만 이곳에서는 운이 좋았다. 본관 입구가 한눈에 보이는 주차장 앞쪽에 딱 한 자리가 비었다.

4시 40분.

생각보다 시간이 지체됐다. 적어도 25분에는 도착할 줄 알았는데. 갑자기 불안감이 밀려왔다. 설마 벌써 안으로 들어가지는 않았겠지. 그 아이는 이곳까지 오려고 택시를 타지는 않았을 것이다. 인터넷으로 미리 검색한 바에 따르면 버스를 타면 35분이 걸린다. 학교에서 버스 정류장까지 걷는 시간과 이쪽 버스 정류장에서 교육청까지 걷는 시간을 생각하면 아직 도착했을 리가 없다. 하지만 빨리 접수하고 싶어서 굳이 택시를 탔다면?

몸이 초조하게 들썩였다. 안으로 들어가 봐야 하나? 아니다. 비싼 택시비를 써가며 그렇게 서두를 이유는 없다. 홈페이지상에 따르면 이곳은 6시 30분까지 업무를 본다.

생각보다 오래 기다려야 할지도 모른다는 생각에 시동을 끄고 코트 자락을 여몄다. 사실 오늘 그 아이를 맞닥뜨릴 확률은 절반도 되지 않는다. 실명을 밝히고 온라인으로 제보한다면 여기 올 이유가 없다. 그리고 직접 방문할 마음을 먹었더라도 그건 오늘일 수도, 내일일 수도 있다. 날마다 종례를 마치고 허겁지겁 달려와 보초를 설 수는 없다. 교장 선생님에게 말했던 대로 그 아이는 이미 제보하려는 마음을 접었을지도 모른다. 이쯤 했으면 됐다고 생각할지도 모른다. 그렇다면 나경 고등학교는 평판을 지킬 수 있을 테지만, 그 아이의 정체는 영원히 밝혀낼 수 없을 것이다.

히터가 꺼지고 승합차를 밀면서 흘렸던 땀이 식자 몸이 으슬으슬했다. 커피 한잔이 간절하다. 이 사건을 맡은 뒤로 뜨거운 커피를 여유롭게 마셔본 적이 있었던가. 그 아이는 오늘 와야 한다. 이 일을 더 이상 길게 끌고 싶지 않다. 현진은 시트에 몸을 묻고 어깨를 떨어뜨렸다. 아까 등 뒤에서 울려 퍼졌던 아이들의 해맑은 웃음소리가 떠올랐다. 교사도 사람인지라 좀 더 미운 아이들이 있고, 좀 더 마음이 가는 아이들이 있다. 하지만 아이들은 모두 저마다의 빛을 내뿜었다. 여고 시절, 현진의 담임 선생님은 아이들에게 입버릇처럼 말했다. 너희들은 꾸미지 않아도 예쁘다고. 그때는 그 말이 이해가 되지 않았다. 그저 화장이나 염색을 못 하게 하려고 하는 말이라고만 생각했다. 하지만 자신이 교사가 되어 아이들을 날마다 마주하다 보니 그 말을 비로소 이해하게 됐다.

아이들은 아름다웠다.

한 번만 더 기회가 있다면 좋겠다. 과거로 돌아가 그 애의 이야기를 들어주고 싶다. 왜 자신에게 반지를 맡기려 하는지, 왜 그렇게 슬퍼 보이는지 두 손을 잡고 묻고 싶다. 그리고 내가 힘이 되어주겠다고 말하고 싶다.

교장 선생님은 말했다. 그 자리를 지킬 수 있다면 변하고 싶다고. 나는 뭘 할 수 있을까. 윤이가 잃어버렸던 희망을 그것이 필요한 아이들에게 줄 수는 없을까. 너희에게는 너무나 많은 시간과 기회가 있다는 희망. 길을 잃은 아이에게 언젠가는 네 인생이 뒤집히고, 너만의 빛을 내뿜을 수 있을 거라고 속삭여주고 싶다.

현진은 중얼거렸다.

"윤아, 내가 잘못한 거 알아. 그래도 한 번만 기회를 줄래?"

아무 일도 일어나지 않았다.

5시 15분.

역시 아닌가. 처음부터 말도 안 되는 계획이었나. 일 분, 일 분이 지루할 만큼 천천히 흘렀다. 이제 입구를 드나드는 사람들도 거의 보이지 않는다.

얼마나 지났을까. 하염없이 한곳을 바라보던 현진은 자신도 모르게 몸을 앞으로 내밀었다. 책가방을 멘 아이가 유리문으로 이어지는 낮은 돌계단을 올랐다. 교복을 입고 있지는 않지만 낯익은 모습이다. 현진은 황급히 차에서 내렸다. 왼발을 땅에 딛자 아까보다 심한 통증이 밀려왔다. 2층 제보 센터에 도착하기 전에 멈춰 세워야 한다. 현진은 차 문을 잠그는 것도 잊은 채 다리를 절뚝이며 입구로 뛰었다.

1층 안내데스크 앞에 선 아이가 보였다. 위쪽에 붙은 층별 안내도를 확인하고 있다. 현진은 숨을 몰아쉬며 아이의 옆얼굴을 잠시 바라봤다.

아이가 엘리베이터 쪽으로 발걸음을 옮겼다. 올라가는 버튼을 누르는 순간, 뒤에서 아이의 어깨를 잡았다. 아이는 몸을 움찔했지만 여느 때처럼 현진을 빤히 바라봤다.

현진이 말했다.

"동호야."

11월 16일 월요일

오후 5시 30분

"6시까지는 접수할 거예요. 너무 늦게 가면 안 받아줄지도 모르잖아요."

두 사람은 교육청 1층에 있는 작은 커피숍에 마주 앉았다. 오래된 팝송이 잡음과 함께 흘렀다. 간절히 마시고 싶던 커피였지만 머그잔에 손을 뻗는 시간조차 아까웠다. 동호는 담담한 얼굴이었지만 당황한 기색을 완전히 감추지는 못했다.

"어떻게 여기에서 기다릴 생각을 하셨어요? 선생님도 참 대단하시네요."

"올 거라는 확신은 없었어. 상황이 이러니 마음을 접을지도 모른다고 생각했거든. 얼마 안 되는 확률에 운을 맡긴 거지."

"운이 좋으셨네요."

"글쎄. 급하게 오다가 발목을 삐끗했거든. 너랑 헤어지면 병원부터 가봐야 할 것 같아."

동호는 뜨거운 레몬차를 한 모금 마셨다.

"포기할 생각은 해본 적 없어요. 교장실에 협박 편지까지 보냈는데 내뱉은 말은 지켜야죠."

현진은 이 상황이 아직도 완전히 믿기지 않았다. 상담 내내 몸을 비틀며 귀찮아하던 모습. 다른 사람 일에 엮이기 싫다고 했던 말. 그 심드렁한 모습은 현진이 그때까지 알던 동호의 모습과 크게 다르지 않았다.

"저인 줄 아셨어요?"

"어느 정도는 추측했지만 백 퍼센트 확신은 못했어."

동호는 핸드폰 시계를 확인했다. 그러고는 의자 등받이에 몸을 기댔다.

"왜 그렇게 생각하셨는데요?"

"과연 누가 제갈윤의 부탁을 받고 이런 일을 했을까. 윤이는 엔지 시네마 부원들 말고는 가까운 친구가 없었는데. 자기가 죽은 뒤든 아니든, 친하지도 않은 애한테 그런 편지를 전해 달라고 부탁할 수는 없잖아. 그렇다면 단순하게 생각해보자. 윤이가 그런 부탁을 한 사람은 부원들 중 한 명은 아니었을까. 자기 사진을 몰래 찍은 성규나 우진이에게 부탁했을 리는 없고, 경적을 눌렀으면서도 시치미 뗐던 소영이도 아니겠지. 그럼 동호, 너밖에 안 남아. 너는 이번 사건의 목격자에 불과했으니까 나머지 아이들에 비하면 큰 잘못을 한 것도 아니야. 경적 사건에 대해서 윤이에게 말하지 않았던 이유도 윤이를 걱정해서였으니까. 그리고 그날 밤 사건에 대해서도 너는 잠이 들어서 아무것도 못 봤다고 했어. 그렇다면 윤이가 편지를 맡긴 사람은 당연히 네가 아닐까. 하지만 윤이가 오픈채팅방에 편지를 올리고, 교장실로 협박 편지를 보내달라고까지 부탁했을 것 같지는 않아. 그 두 가지 일은 너 혼자 결정한 거야."

"제가 왜 그런 결정을 했다고 생각하시는데요?"

"윤이의 편지를 돌렸는데도 아무것도 바뀐 게 없었으니까. 아이들은 편지를 받고 입을 꾹 다물어버렸지. 심지어 서로에게조차 윤이에게 편지가 왔다는 걸 비밀로 했어."

동호는 순순히 고개를 끄덕였다.

"선생님 말씀이 맞아요. 윤이가 죽고 사흘 뒤에 저희 집으로 택배가 왔어요. 상자 안에 윤이가 쓴 네 통의 편지들이 들어 있었죠. 자기한테 미안하다면 나머지 애들한테 편지를 하나씩 몰래 전해주라는 쪽지도 함께요. 솔직히 내키지는 않았어요. 윤이가 자신을 둘러싼 일을 다 알고 있을 줄은 몰랐으니까요. 하지만 죽은 애의 마지막 부탁이라 거절하기가 힘들었죠. 몇 달 동안 어떻게 할지 고민하다가 2학기 개학 날 애들한테 편지를 몰래 배달했어요. 그런데 당황스러울 만큼 아무 일도 일어나지 않더라고요. 윤이가 왜 저한테 그런 부탁을 했는지 곰곰이 생각해봤어요. 우리가 자신의 죽음에 죄책감을 느끼길 바랐겠죠. 하지만 제 딴에는 걸릴 위험을 무릅쓰고 편지를 돌렸는데도 변한 게 아무것도 없었어요. 윤이가 어떻게 이모든 걸 알았을까 불안해하면서 서로 얘기라도 할 줄 알았는데 다들 관심도 없더라고요. 아, 물론 속으로는 좀 미안해했을지도 모르겠네요. 그래서 점점 화가 났어요. 윤이도 그 애들이 마땅한 벌을 받기를 바랐을 거예요."

"그래서? 이제 윤이가 만족할 거라고 생각해?"

현진은 건드리지도 않은 머그잔을 옆으로 밀었다.

"네 이야기를 듣고도 궁금한 점이 몇 가지 있어. 아까 네가 했던 말부터 되짚어보자. 넌 윤이가 죽고 사흘 뒤에 편지들이 든 택배 상자를 받았다고 했지. 봉투에 '동호에게'라고 적힌 편지는 너한테 온 거니까 당연히 그걸 제일 먼저 뜯어봤겠지. 나머지 세 통의 편지는? 그것도 열어봤니?"

"아니요. 다른 애한테 쓴 편지를 왜 봐요?"

"그렇다면 다른 편지에 무슨 내용이 적혀 있는지 어떻게 알지? 아까 그랬잖아. 윤이는 너희가 한 짓을 다 알고 있었다고. 그래서 배달하기 망설였다고."

동호가 피식 웃었다.

"맞아요, 거짓말이에요. 사실은 뭐라고 쓰여 있는지 궁금해서 살짝 뜯어봤어요."

"두 번째 의문은 이거야. 윤이가 우진이에게 보낸 편지를 보면 윤이는 우진이를 비난하고 있어. 자기가 헤어지자고 해서 그날 밤 성규와 그런 일을 벌인 거냐고. 하지만 그 말은 사실이 아니야. 윤이와 우진이가 사귄 건 맞지만, 먼저 헤어지자고 한 사람은 우진이었어."

"선생님이 어떻게 알아요?"

"우진이에게 들었으니까. 우진이가 헤어지자고 했더니 윤이가 별 반응도 없이 알았다고 했대. 그래서 더 화가 났다고 하더라."

"우진이 말을 곧이곧대로 믿으시는 거예요? 윤이한테 차인 게 창피하니까 선생님 앞에서는 그렇게 말했겠죠. 우진이가 사귀면서 자꾸 귀찮게 구니까 윤이가 헤어지자고 했겠죠. 너무 뻔하지 않나요?"

"그건 네 관점에서 봤을 때지. 윤이를 좋아했던 사람의 관점."

동호의 얼굴이 굳었다. 현진은 그 모습을 놓치지 않았다.

"둘이 헤어졌다? 그렇다면 당연히 제갈윤이 먼저 헤어지자고 했을 것이다. 넌 그렇게 생각했겠지."

"선생님, 도대체 무슨 말씀이 하고 싶으신 거죠?"

"네가 지금까지 했던 말은 모두 사실이 아니야. 그 편지들은 윤이가 아니라 네가 쓴 거야. 그렇게 가정하면 모두 설명할 수 있어. 왜 손글씨가 아니라 워드로 쳤는지, 그리고 왜 사실과 어긋나는 내용이⋯⋯."

"윤이는 곧 죽기로 마음먹었어요. 가만히 있어도 몸이 벌벌 떨릴 텐데 워드로 치는 게 편했겠죠."

"끝까지 들어, 김동호. 이상한 점은 그것뿐이 아니니까. 윤이의 죽음에 책임이 있는 애들에게 벌을 주기 위해 넌 이 모든 일을 꾸몄어. 네가 윤이를 정말 좋아했기 때문인지, 아니면 정의감 때문이었는지는 모르겠어. 어쨌든 너는 가짜 편지를 돌리고, 오픈채팅방에 편지를 올리고, 학교까지 협박했지. 하지만 이 모든 일이 벌어지기 전으로 돌아가 보자. 윤이는 도대체 왜 죽었을까?"

동호는 한숨을 쉬며 핸드폰을 켰다. 현진도 동호의 뒤쪽에 걸린 벽시계를 재빨리 확인했다.

5시 45분.

"지금 이런 얘기를 할 여유는 없을 것 같은데요. 시간을 끌어서 접수 못 하게 막으려는 계획이라면 소용없어요."

"그런 거 아냐. 정말 네 생각이 궁금해서 그래. 대답하기 싫으면 지금 일어나도 좋아."

"아니요, 그렇게 궁금하시다면 말씀드릴게요. 윤이가 왜 죽었느냐고 물으셨죠? 선생님도 아시잖아요. 경적 사건과 사진 사건의 충격 때문이었겠죠. 우리는 물론 나경 고등학교의 모든 애들을 다시는 보고 싶지 않았을 거예요."

"맞아. 나도 그렇게 생각해."

"이제 됐죠? 전 일어날게요."

의자가 듣기 싫은 소리를 내며 밀렸다. 현진은 자신을 내려다보는 동호의 시선을 느꼈다. 현진은 허공에 시선을 고정한 채 말했다.

"그렇다면 윤이는 그 사건들의 진실을 어떻게 알게 됐을까? 누군가 윤이에게 말해주지 않았다면 알 수 없었을 텐데."

동호는 창밖 너머로 주차장이 보이는 삭막한 풍경을 바라봤다. 커피숍으로서는 최악의 풍경이다. 주차장은 아까보다 훨씬 한산했다. 커피숍에도 손님이라고는 두 사람밖에 없다.

동호는 결심한 듯 다시 의자에 앉았다. 의자가 바닥을 끄는 소리에 현진의 눈썹이 움찔했다.

"선생님이 이번 일을 맡으셔서 다행이라고 생각해요. 다른 선생님이었다면 대충 조사하는 척만 하거나 우리를 윽박지르다 끝났을 거예요. 솔직히 선생님이 이 일에 이렇게 매달리실 줄은 몰랐어요."

"칭찬이니? 그런 얘기를 할 시간은 없을 것 같은데."

"선생님한테도 이유가 있다는 거 알아요. 우진이가 며칠 전에 전화했어요. 성규랑 싸우기 전날요. 선도위원회에서 사실대로 말하고 싶은데 아무도 자기 말을 안 믿어줄까 봐 걱정하더라고요. 그러면서 저한테 물었어요. 혹시 그날 성규가 주도하는 걸 봤다고 말해줄 수 있냐고. 자기는 정말 아니라고. 잠시 생각하다 알았다고 했어요. 제 목적이야 그 애들이 벌을 받는 거였으니까. 그리고 성규가 주도했다는 것도 이미 알고 있었거든요. 아, 우진이가 선생님 얘기도 했어요. 윤이가 죽기 전날, 선생님을 찾아갔었다고. 이상한 낌새를 눈치챘으면서도 귀찮아서 아무것도 안 하셨다고."

현진의 얼굴이 뜨거워졌다.

"그래, 사실이야. 그때의 죄책감 때문에 이 일에 그렇게 매달렸는지도 모르지. 이렇게라도 윤이에게 속죄하고 싶어서. 그럼 네 진실은 뭔데? 내가 여기 온 건 아무도 몰라. 네가 교육청에 제보하기 전에 붙잡아서 학교로 끌고 가려고 온 게 아니야. 네 얘기는 아무한테도 말하지 않을게. 이제 내가 알고 싶은 건 이 사건의 진실뿐이야."

"선생님을 어떻게 믿어요? 그리고 세상에는 모르는 편이 나은 일도 있는 거예요."

"나누자."

"뭐라고요?"

"네 짐을 나누자고. 너 혼자 짊어질 필요 없어. 나한테라도 털어놓으면 마음이 훨씬 가벼워질 거야. 네 방법이 옳았다고 말할 수는 없지만 윤이를 위해서였잖아. 그 애가 죽은 게 너무 슬퍼서 이런 일을 벌인 거잖아. 제발, 동호야. 이렇게라도 널 돕게 해줘."

슬퍼서라고. 과연 그것뿐이었을까.

엔지 시네마에 가입한 지 두 달쯤 되던 어느 날. 동호는 동아리 교실로 향하는 걸음을 재촉했다. 수업이 끝난 뒤에도 윤과 함께할 수 있는 시간이었으니까. 하지만 살짝 열려 있던 교실 문 사이로 동호는 뜻밖의 광경을 목격했다. 우진이 윤의 손을 잡고 있었다. 동호의 심장은 바닥으로 하염없이 추락했다. 윤은 잠시 뒤 손을 뺐지만 화가 난 표정은 아니었다. 그날 뒤로 동호는 두 사람을 관찰했고, 틀리길 바랐던 예상이 사실임을 확인했다. 말하지 않아도 보이는 것들이 있는 법이니까.

윤이 왜 그렇게 좋았느냐고 묻는다면 동호는 딱히 대답을 찾을 수 없었다. 이유를 댈 수 없는 것이 사랑이 아니던가. 하지만 동호의 괴로움은 그리 오래 가지 않았다. 몇 달 뒤, 둘의 분위기가 확연히 달라졌다. 차갑게 식은 우진의 눈빛을 보고 동호는 둘이 헤어졌다는 걸 알았다. 당연히 윤이 우진을 찼다고 믿었다. 그래서 우진이 저렇게 화가 나 있다고 생각했다.

그리고 그날 밤 일은……

"처음에는 몰랐어요. 그날 밤 일요. 도대체 뭐가 어떻게 된 건지. 그날이야말로 윤이랑 밤새 같이 있을 수 있는 자리였잖아요. 그래서 안 자려고 온 힘을 다해 버텼는데 몸이 말을 안 들었어요. 언제 소파에 가서 누웠는지도 기억이 안 나요. 그러다가 얼핏 정신이 들었는데 머리 위에서 성규랑 우진이 목소리가 들렸어요. 성규가 그랬어요. 윤이가 잠든 방에 들어가 보자고. 그냥 보기만 하겠다고. 놀라서 무슨 소리냐고, 너희들 미쳤냐고 말리고 싶었는데 도저히 일어날 수가 없었어요. 안 된다고 중얼거리면서 어떻게든 몸을 일으키려고 했는데…… 마음대로 안 됐어요. 다음 날 아침 소파에서 눈을 떴는데 어젯밤 일이 현실인지 꿈인지 헷갈렸어요. 윤이랑 소영이는 벌써 집에 갔고, 우진이랑 성규한테 물어봤자 당연히 아니라고 할 테고. 그래서 애써 아닐 거라고 생각했어요. 박성규가 막 나갈 때가 있긴 하지만 별일 없었을 거라고. 그런데 며칠 뒤에 우리 반 남자애가 저한테 와서 그러더라고요. 윤이가 취해서 웃옷을 벗은 사진이 돌고 있다던데 진짜냐고. 사진이 있으면 자기한테도 보내달라고. 그렇게 알게 됐어요. 그날 밤에 어떤 일이 있었는지."

동호는 말을 멈추고 숨을 골랐다. 당시의 분노가 다시 생생하게 느껴졌다.

"윤이는 아무것도 모르는 것 같았어요. 알았다면 그렇게 아무렇지도 않은 얼굴로 학교에 다니지 못했겠죠. 저는 고민에

빠졌어요. 직접 말해줄까? 아니야, 그러면 얼마나 수치스러울까. 차라리 김소영한테 말할까. 그런 사진이 돌고 있으니까 네가 윤이한테 좀 말해주라고. 하지만 그럴 수도 없었어요. 지난번 상담 때 말씀드렸듯이, 저는 경적을 누른 사람이 김소영이라는 걸 알고 있었으니까. 그 뻔뻔한 애한테 그런 부탁을 할수는 없었죠. 그리고 김소영한테 말하면 왠지 윤이가 당한 일을 고소해할 것 같았어요. 그래서 결국 내가 직접 말해줘야겠다고 생각했어요. 물론 이런 걱정도 들었어요. 가뜩이나 엄마가 돌아가셔서 힘들 텐데 그 사실을 알게 되면 더 무너지는 건아닐까. 충격받아서 학교에 안 나오면 어떡하지. 그러면 나는 윤이를 못 볼 텐데. 사진이 돌고 있다 한들 시간이 지나면 잠잠해지지 않을까. 그렇게 고민하다 2학년이 됐고, 저는 윤이랑 다른 반이 됐어요. 하지만 어느 날, 남자애들이 하는 얘기를 듣고 그 사진이 여전히 돌고 있다는 걸 알게 됐죠. 더 이상가만히 있을 수가 없었어요. 그래서 윤이에게 진실을 모두 털어놓기로 결심했어요. 마음속으로는 이런 기대도 있었어요. 이번 일로 윤이와 더 가까워지지 않을까. 믿을 수 있는 사람은 나밖에 없다고, 나는 다른 남자애들이랑 다르다고 생각하지 않을까. 그래서 주말에 윤이를 잠깐 불러내서 모두 말했어요. 사진 사건에 대해서도, 그리고 경적을 누른 사람이 김소영이라는 것도. 윤이가 얼마나 놀랐는지는 굳이 말씀드리지 않

아도 상상이 가시겠죠. 그 뒤로 어떻게 됐는지 아세요? 윤이
는 저를 피했어요. 저는 이유를 찾으려고 애썼어요. 너무 늦게
말해줘서 화가 났나, 나를 보면 그때 일이 떠올라서 창피한가.
아니면 차라리 모르는 게 나았던 일을 내가 굳이 주절거렸기
때문인가. 그리고 제가 그 일을 털어놓은 지 딱 보름 뒤에 윤
이가 자살했어요. 만우절 전날에 정말 거짓말처럼 죽어버렸
다고요. 윤이한테 그런 짓을 한 애들은 뻔뻔한 얼굴로 장례식
에 오고, 너무나 아무렇지 않게 학교에 다녔는데."

　현진은 아무 말도 할 수 없었다. 동호의 뺨은 어느새 눈물로
얼룩져 있었다.

　"이게 바로 선생님이 우리한테서 그렇게 알아내려던 진실
이에요. 김동호가 쓸데없이 입을 나불대서 제갈윤이 죽었다.
이제 아시겠어요?"

　"그래서 다른 애들을 벌주려고 편지를 꾸며낸 거야? 훨씬
간단한 방법이 있었을 텐데. 차라리 학교에 말하지 그랬어."

　"누구한테요? 선생님한테요? 그러면 어떻게 해주셨을까요?"

　동호가 어이없다는 듯이 웃었다.

　"김소영이 경적을 누른 건 이미 지난 일인 데다 목격자라고
는 저밖에 없고, 학교에서 일어난 일도 아니니 딱히 해줄 게
없다고 했겠죠. 아, 사진 사건은 학교에 보고하셨을지도 모르
겠네요. 하지만 가뜩이나 윤이가 자살해서 골치 아플 텐데 쉬

쉬하면서 넘어가지 않았을까요? 가짜 편지를 꾸며내는 건 별로 어렵지 않았어요. 작가가 꿈인 게 이럴 때는 도움이 되더라고요. 어차피 제가 다 겪은 일이었으니까 상상력을 조금만 발휘하면 됐어요. 저도 처음부터 이럴 생각은 아니었어요. 그 애들이 편지를 받고 조금이라도 반성하는 기미를 보였다면 여기까지 오지 않았을 거예요. 오픈채팅방에 편지를 올리고 교장실에 협박 편지를 보낸 건 이번 일이 또 묻힐까 겁이 났기 때문이에요. 어떻게든 그 애들도 벌을 받길 바랐거든요."

"그럼 너는? 어떻게 벌을 받을 건데? 오픈채팅방에 그 애들의 이름이 담긴 가짜 편지를 공개한 건 명백한 명예 훼손이야. 게다가 우진이가 얼마나 다쳤는지는 너도 들었지?"

"오늘 여기 온 건 익명으로 신고할 생각이 아니었어요. 교육청에 제 신원을 밝히고 정식으로 제보하면 학교에서도 제가 그랬다는 걸 알게 되겠죠. 학교에서 어떤 징계를 내리든 달게 받을 생각이에요."

"교장실로 보낸 USB. 거기에 담긴 사진은 어떻게 된 거지?"

"증거가 없으면 믿지 않으실까 봐 증거를 구했어요. 저한테 사진이 있냐고 처음 물어봤던 애한테 슬쩍 사진 얘기를 꺼냈죠. 벌써 다른 애한테 받았더라고요. 성규는 자기와 친한 한두 명한테만 사진을 보냈다고 하지만, 어느새 남자애들 사이에 그만큼 퍼져 있던 거예요. 그래서 저한테도 한 장 달라고 했어요. 제가 예상하지 못했던 부분은 두 가지네요. 우진이가 윤이에게 헤어지자고 했다는 것. 그리고 선생님이 여기까지 찾아올 줄 몰랐다는 것. 아, 성규랑 우진이가 그렇게 싸울 줄도 몰랐어요. 우진이가 심하게 다친 건 저도 미안하게 생각해요. 저는 아직도 이런 생각을 해요. 내가 아는 진실을 윤이에게 털어놓지 않았다면 윤이는 지금 살아 있을까. 네, 그랬을 거예요. 하지만 과거로 돌아간다 해도 저는 윤이에게 또다시 진실을 말했을 거예요. 하지만 그때는 이번과 달랐을 거예요. 아무리 저를 피해도 끝까지 옆을 지키면서 함께 헤쳐 나갈 방법을 찾았을 거예요. 저도 알아요. 제가 무슨 짓을 하더라도 윤이를 되살릴 수 없다는 걸. 저는 그저 후회하고 자책하면서 견뎌야 해요. 이번 일도 제가 견딜 수 있는 방법을 찾은 거였어요."

현진은 간신히 고개를 들어 시계를 봤다.

6시 15분.

더 이상 궁금한 것도, 묻고 싶은 것도 없다. 동호는 좋아했던 아이가 자신의 경솔함 때문에 죽었다고 믿고 있다. 하지만 자신을 탓하는 것에 그치지 않고 이 일에 관련된 모두에게 그 고통을 전가시키고 싶어 한다. 동호의 방법은 틀렸다. 하지만 그 아픔을 이해하지 못하는 것은 아니다. 현진은 선택의 순간에 서 있었다. 동호를 설득해서 돌려보낼지, 계획을 실행할 수 있도록 보내줄지. 하지만 마지막 선택을 하는 사람은 자신이 아니라 동호여야 한다.

현진은 식은 커피를 한 모금 마셨다. 이곳에서 나가면 병원이 아니라 정말 뜨거운 커피 한잔을 마시러 갈 것이다.

동호가 옳은 선택을 하기를 바라며.

"이제 가. 지금은 올라가야 접수할 수 있을 거야."

"절 말리실 줄 알았는데요."

"그러려고 온 게 아니라고 했잖아. 우리는 여기에서 만난 적이 없는 거야. 그러니까 네 뜻대로 해. 네 마음이 조금이라도 편해질 방법을 찾아."

현진은 핸드백을 들고 일어섰다. 발목을 찌르는 통증과는 비할 수도 없는 아픔이 가슴을 짓눌렀다.

"네가 우진이에게 쓴 편지에 이런 말이 나오더라. 사람은 한 가지 이유 때문에 죽는 게 아니라고. 그 말을 쓸 때 너도 이미 알고 있었을 거야. 윤이가 죽은 건 꼭 네가 진실을 말했기 때문이 아니라는걸. 처음부터 윤이에게 그런 일들이 벌어지지 않았으면 좋았겠지. 성규와 우진이는 그런 사진을 찍지 않고, 소영이는 사실을 고백했다면 윤이는 여전히 우리 곁에 있었을 거야. 하지만 아무리 솔직하고 바르게 살아간다 해도 나쁜 일은 반드시 벌어져. 윤이가 혼자가 아니라 누군가와 함께였다면 좋았을 텐데. 포기하고 싶은 오늘을 버티게 하는 건 그저 약간의 다정함인데. 아무도 윤이에게 그렇게 해주지 못했지.

윤이의 죽음은 결국 우리 모두의 책임이야."

현진이 동호의 어깨에 손을 얹었다. 그리고 다리를 절뚝이며 천천히 커피숍을 나갔다.

나현진 선생님은 이제 만족할까. 드디어 진실을 알게 되었다며 후련한 마음으로 돌아갈까.

현진은 모를 것이다.

자신이 무엇을 놓쳤는지를.

현진은 끝까지 묻지 않았다. 동호가 왜 11월 16일을 골랐는지. 왜 오늘까지 학교 게시판에 공고를 올리라고 했는지.

저물어 가는 햇빛이 탁자에 드리웠다. 동호는 턱을 괸 채 머그잔에 떠 있는 레몬 조각을 하염없이 바라봤다. 언젠가는 다른 아이들처럼 웃을 수 있을까. 언젠가는 두근거리는 마음으로 또 다른 누군가를 좋아하게 될까. 아마 그럴 것이다. 이 모든 일도 시간이 지나면 조금씩 흐릿해질 것이다. 우리의 기억이란 그래서 시간과 함께 희미해지는지도 모른다.

상처를 잊고 앞으로 나아갈 수 있도록.

동호는 조그맣게 속삭였다.

생일 축하해, 윤아.

15개월 뒤

식이 시작되기를 조용히 기다리라는 잔소리가 마이크에서
다시 한번 울려 퍼졌다. 부모님들도 오셨으니 의젓한 모습을
보이라고. 이제는 너희도 어엿한 성인이라고. 하지만 가운과
학사모를 어색하게 차려입은 학생들은 사회를 맡은 선생님의
잔소리에 귀를 기울이지 않았다. 와글거리는 소리가 강당을
끊임없이 메웠다. 연단 위에 걸린 플래카드에는 '새로운 시작
에 행운이 함께하길 바랍니다'라는 글자가 인쇄되어 있다. 플
래카드 밑에서는 선생님 한 명이 영상이 나올 슬라이드를 분
주하게 점검했다.

아빠도 오늘만큼은 이삿짐센터 일을 쉬고 오기로 했다. 병
원에 있을 때만 해도 상상하지 못했다. 이 학교를 졸업할 수

있을 거라고는. 그리고 대학에, 그것도 원하던 연극영화과에 갈 수 있을 거라고는.

고3 학생들은 대학 입시가 끝나자마자 교칙을 벗어던졌다. 오늘은 더더욱 가관이었다. 쌍꺼풀 수술로 부은 눈을 하고 나타난 아이부터 피어싱을 주렁주렁 단 아이도 보였다. 하지만 엄격함을 자랑하던 나경 고등학교의 교칙은 이미 변화의 과정을 마쳤다. 작년 12월의 첫째 날, 학생들은 빈 종이를 한 장씩 받았다. 교칙에 대한 건의 사항을 쓰라는 문장이 위쪽에 적혀 있었다. 시험 때와 달리 학생들의 펜이 신나게 종이 위를 누볐다. 여학생을 위한 바지 교복 만들기, 롱패딩 허용, 자유로운 색깔의 양말 신기 등 다양한 의견이 종이를 메웠다. 며칠 뒤, 각 반의 담임 선생님들은 학생들의 의견을 최대한 반영하겠다는 교장 선생님의 회신을 전했다.

바뀐 것은 교칙뿐이 아니었다. 겨울방학을 마치고 학교로 돌아온 학생들은 유리벽이 사라진 상담실과 자습실을 보고 탄성을 질렀다. 교장 선생님의 방 옆에 있던 '진실의 소리함'도 학생들이 다가가기 쉬운 1층 후문 쪽으로 자리를 옮겼다. 그 나무함에 건의하는 내용은 모두 이루어진다는 소문이 퍼지자, 누군가 장난삼아 '등교 시간 프리허그!'라는 쪽지를 넣었다. 그 소문은 사실이었다. 어느 날 아침, 나경 고등학교 학생들은 교문 앞에 늘어선 선생님들을 맞닥뜨렸다. 우는 건지 웃는 건지 애매한 표정을 한 교장 선생님도 그중에 있었다. 멋쩍은 웃음소리들이 등굣길을 밝혔다. 학생들은 엄격한 교칙에 빨리 적응했던 만큼 달라진 학교 분위기에는 더욱 빠르게 적응했다.

변화는 생각보다 쉬웠다.

우진은 옆에 앉은 노란 머리 남학생을 흘끔거렸다. 그리고 일부러 혀를 크게 차며 말했다.

"우리나라 사람들을 제일 못생기게 만드는 머리 색깔이 뭔지 아냐? 지금 네가 염색한 단무지 색깔이야. 미용실에 가기 전에 나랑 상의했어야지."

"미용실에서 한 거 아닌데. 유튜브 보고 집에서 한 거야."

우진은 할 말을 잃었다. 어쩐지 이상하다 싶었다.

"나 엄청 알아주는 문예창작학과 합격한 거 알지? 거기에서 기죽지 않으려면 이 정도 스타일은 해줘야 되는 거야. 아무것도 모르면서."

동호는 노란 머리를 자랑스럽게 쓸어넘겼다. 그리고 잠시 망설였다. 자신이 다니게 된 대학에 소영도 합격했다는 것을 말해줘야 할지. 입학식에서 자신을 보면 소영은 어떤 표정을 지을까. 잊고 싶은 과거가 다시 발목을 잡는다고 생각할까. 역시 제갈윤과 관련된 일은 자기를 끝까지 따라다닌다고 한탄할까. 동호는 생각했다. 소영이 무슨 짓을 해도 그 사건을 완전히 잊을 수는 없을 거라고. 행복한 순간에도 마음속 어딘가에서는 그때 눌렀던 경적 소리가 끊임없이 울릴 거라고. 소영이 들을 수 있든 없든, 그 소리는 영원히 사라지지 않을 거라고.

우진이 속삭였다.

"어제 성규한테 카톡이 왔어. 그렇게 싸우고 서로 연락한 적이 한 번도 없었는데."

"뭐래?"

"졸업 축하한대. 그리고 예전 일은 정말 미안했대."

성규는 결국 나경 고등학교를 떠나야 했다. 폭행으로 인한 소년 재판 뒤에는 보호자 감호 위탁 처분과 사회봉사 명령을 선고받았다. 우진이 사진 유포로 학교에서 등교 정지를 당한 것에 비하면 무거운 처벌이었다. 성규의 부모님은 K신도시에서도 이사를 갔다. 성규의 아빠가 맡은 예능 프로그램은 성규가 퇴학을 당한 지 몇 달 뒤에 폐지됐다.

"성규는 어떻게 지낸대?"

"그 뒤로 학교는 다시 안 다녔대. 이번 대학 입시는 실패한 모양이고. 시간 될 때 한번 보자는데 잘 모르겠어. 내가 입원해 있는 동안에는 문병 한 번 안 왔으면서 웃기지. 별로 안 친했던 너도 하루가 멀다 하고 와줬는데."

우진은 왼손 검지와 약지에 똑같은 반지를 끼고 있었다. J와

J라는 이니셜 사이에 어설픈 하트가 새겨진 은반지. 우진이 다시 속삭였다.

"내가 보고 싶다기보다는 예전 사건이 궁금한 게 아닐까. 누가 그런 편지를 돌리고, 오픈채팅방에도 올렸는지 말이야. 이제는 범인이 밝혀졌다고 생각하나 봐."

"넌 어떻게 하고 싶은데?"

"걔 때문에 다쳐서 치료받을 때는 정말 미웠는데 이상하지. 그래도 한번 만나보고 싶기는 해. 혹시라도 만나게 되면 솔직히 말해야지. 나도 누가 그랬는지 모른다고. 그냥 우리 둘이 징계받고 흐지부지됐다고."

"지금부터 제3회 나경 고등학교 졸업식을 시작하겠습니다!"

사회자의 우렁찬 목소리에 동호와 우진은 연단 쪽으로 고개를 돌렸다. 회색 수녀복을 입고 가슴에 꽃을 단 김옥경 미카엘라 교장 선생님이 제일 먼저 올라와 한쪽에 놓인 의자로 향했다. 학생들이 교장 선생님을 향해 우렁찬 환호성을 보냈다.

이 모든 풍경도 오늘이 마지막이다.

졸업식이 끝나자 부모를 만나려는 아이들로 강당은 더욱 시끄러워졌다. 동호도 주위를 두리번거리며 어딘가에 있을 가족을 찾았다. 그때 뒤에서 누군가 동호의 어깨를 잡았다.

"머리 때문에 몰라볼 뻔했잖아! 나한테 인사도 안 하고 가려고?"

나현진 선생님이 동호의 두 손을 잡고 반갑게 흔들었다.

"가고 싶던 대학 붙은 거 정말 축하해. 선생님은 네가 해낼 줄 알았어! 나중에 우진이랑 꼭 놀러 와, 알았지? 난 언제나 여기 있어."

그 밝은 웃음에 동호는 목이 메어 간신히 말했다.

"죄송했어요, 선생님. 진짜 죄송해요."

"난 무슨 말인지 모르겠는데?"

현진이 동호의 손을 놓았다. 그리고 두 팔을 벌려 동호를 끌어안았다.

"이제 앞만 보면서 가자. 무슨 말인지 알지?"

동호는 진심을 다해 대답했다.

"알아요. 약속할게요."

○

더 이상 입지 않을 교복을 옷장에 건다. 그리고 봄이에게 목줄을 채운다. 엄마가 그새 애견용 조끼까지 입혀 놓았다. 봄이와 함께 산 지도 어느새 1년이 넘었다. 소영의 가족이 K신도시를 떠나던 날, 봄이를 넘겨받았다. 봄이는 동호의 집에서 잘 적응했고 짖지도 않았다. 구름이가 떠나서 쓸쓸했던 집이 봄이의 온기로 따스해졌다.

둘은 아파트 단지를 빠져나와 발길이 닿는 대로 걷는다. 윤의 엄마가 사고를 당했던, 지금은 확장 공사를 마치고 차선이 늘어난 도로가 보인다. 목줄을 잡은 손에 힘이 들어간다.

"봄아, 나오니까 좋아? 더 걸을까?"

동호의 말에 대답하듯 봄이가 신나게 달린다. 둘은 어느새 빨간 우체통 앞에서 걸음을 멈춘다. 이곳에 서면 언제나 윤과의 마지막 만남이 떠오른다. 그날도 여느 때처럼 동아리 수업이 끝난 뒤 우체통 사거리까지 함께 걸을 생각이었다. 하지만 윤은 나현진 선생님에게 할 말이 있다고 했다. 그래서 교문 앞에서 윤을 기다렸다. 윤은 생각보다 빨리 나왔고, 동호를 보고 화가 난 것처럼 보인다.

"왜 기다렸어? 먼저 가라고 했잖아."

동호는 윤의 옆모습을 흘끔거린다. 그 애의 침묵이 불편했던 적은 없지만 오늘은 뭔가 이상하다.

윤은 두 사람이 늘 헤어지던 우체통 앞에서 걸음을 멈춘다. 그러더니 불쑥 동호의 손을 잡는다.

"미안해. 네 잘못이 아닌데. 넌 사실대로 말해준 것밖에 없는데. 넌 나한테 늘 잘해줬지. 정말 고마워."

동호는 윤의 차가운 손을 뿌리친다. 정신없이 뛰기 시작한 심장 소리가 그 애에게 들릴까 부끄럽다. 그래서 꼭 하고 싶었던 말을 하지 못한다.

"어, 그럼 나 먼저 갈게!"

갑자기 횡단보도로 뛰어든 동호를 향해 버스가 요란한 경적을 울린다. 한참 걷다 윤과 헤어진 쪽을 돌아본다. 아무도 없을 거라고 생각한 그 자리에 그 애가 아직도 서 있다. 전화를 걸어볼까 핸드폰을 만지작거린다. 내가 했던 얘기 때문에 많이 힘드냐고. 같이 해결할 방법을 찾아보자고. 넌 혼자가 아니라고, 내가 언제나 같이 있겠다고.

하지만 동호는 결국 그 자리를 떠난다.

봄이가 목줄을 끌어당겨 몸이 휘청인다. 동호가 우체통 앞에서 움직이지 않자 맑은 눈으로 새 가족을 올려다본다.

보고 있니, 윤아. 봄이는 행복해. 이제 나도 그렇게 되려고.

둘은 다시 걸음을 옮긴다. 지금처럼 그저, 발길이 닿는 대로 나아갈 것이다. 그 애를 잊지 않고 마음속에 간직하면 된다. 이제 할 수 있는 일은 그것뿐이다.

머지않은 봄이 느껴지는 따스한 바람이 귓가를 스친다. 동호는 봄이를 내려다보며, 윤에게 전하지 못했던 말을 이번에는 소리 내어 중얼거린다.

"내가 같이 있을게."

우리는 살아갈 것이다.

너만
모르는
진실

| 창작 노트 |

이 소설은 실제로 겪은 일에서 시작되었다.

　　어느 가을날 오후, 나는 집 근처의 일차선도로에 있었다. 내
차의 두 번째 앞에 택시가 정차 중이었고, 남성 승객이 뒷자리
에서 일행을 끌어내려고 애쓰고 있었다. 내 앞차 운전자는 기
다렸지만 나는 그러지 못했다. 답답한 마음에 택시를 향해 연
거푸 경적을 울렸다. 남성은 바로 뒤차 운전자가 경적을 눌렀
다고 생각하고 욕설을 퍼붓기 시작했다. 다행히 내 앞차 운전
자는 내리지 않았고, 나는 차 문을 잠근 채 얼어붙었다. 미안
하고, 부끄럽고, 두려웠다.

　　그 자리를 떠난 뒤에도 가슴이 진정되지 않았다. 불행한 상
상이 꼬리를 물고 이어졌다. 앞차 운전자가 내려서 남성과 싸

움을 벌였다면. 그래서 남성에게 해코지라도 당했다면 나에게는 아무런 책임이 없을까. 법적인 책임은 없을지라도 세상 모든 일을 법의 잣대로만 판단할 수는 없다.

앞차 운전자가 다치기라도 했다면 나는 죄책감에서 벗어나지 못했을 것이다. 하지만 내가 한 일임을 쉽게 밝히지도 못했을 것이다. 그래서 소설을 쓰는 내내 나는 소영을 비난할 수 없었다. 넌 잘못한 게 없다고 다독일 수도 없었다. 우리에게는 가장 깊은 곳에서 울리는 마음의 소리, 양심이 있기 때문이다. 그날의 부끄러운 기억이 결국 이 소설을 쓰게 했다.

팬데믹으로 오히려 기술이 빠르게 발전했다는 기사를 본 적이 있다. 그렇다면 우리의 인간성도 그만큼 진보했을까. 사랑, 배려, 친절, 공감 등 사람을 더욱 사람답게 만들어주는 감정들을 우리는 예전보다 잘 느끼고 실천하고 있을까. 나는 차마 그렇다고 말할 수 없다. 한 사람의 죽음에 대한 안타까움보다는 자신의 안위나 주변 시선을 걱정하는 이기심을 묘사하는 작업은 결코 쉽지 않았다. 씁쓸한 심정으로 소설을 셀 수 없이 고쳐 썼다. 마침내 올바른 선택을 한 사람들, 새로운 공기가 흐르게 된 나경 고등학교를 보며 홀가분한 심정으로 펜을 놓고 싶었지만, 성규와 소영을 떠올리면 아직도 마음이 무겁다. 우리가 할 일은 그들을 비난하는 것이 아니라 이 세상의 또 다른

제갈윤에게 마음을 내어주는 것이다. 타인을 향한 작은 친절
과 다정함은 생각보다 많은 것을 바꿀 수 있다.

우리는 살아가고, 사랑해야 한다.

2022년 가을
김하연

너만 모르는 진실

ⓒ 김하연, 2022

초판　1쇄 발행일 | 2022년 10월 28일
초판 11쇄 발행일 | 2024년 11월 15일

지은이 | 김하연
펴낸이 | 사태희
편　집 | 최민혜
디자인 | 권수정
마케팅 | 장민영
제　작 | 이승욱 이대성

펴낸곳 | (주)특별한서재
출판등록·| 제2018-000085호
주 소 | 08505 서울특별시 금천구 가산디지털2로 101 한라원앤원타워 B동 1503호
전 화 | 02-3273-7878
팩 스 | 0505-832-0042
e-mail | specialbooks@naver.com
ISBN | 979-11-6703-058-0 (43810)

ㅇ이 책의 본문은 '을유1945', '강원교육' 서체를 사용했습니다.